ESPÉRAME EN LA ÚLTIMA PÁGINA

SOFÍA RHEI

ESPÉRAME EN LA ÚLTIMA PÁGINA

PLAZA JANÉS

Primera edición: abril de 2017

© 2017, Sofía Rhei
© 2017, Penguin Random House Grupo Editorial, S. A. U.
Travessera de Gràcia, 47-49. 08021 Barcelona
Derechos adquiridos a través de Laetus Cultura Agencia Literaria

Printed in Spain – Impreso en España

ISBN: 978-84-01-01885-5
Depósito legal: B-4.930-2017

Compuesto en Revertext, S. L.

Impreso en Rodesa
Villatuerta (Navarra)

L 0 1 8 8 5 5

Penguin
Random House
Grupo Editorial

Debo esta novela al corazón de oro
de Elena Martínez Blanco.
También a Alain.
No eres tan malo como el del libro,
pero te quise igual que si lo fueras

1

J'attendrai...

LUCIENNE DELYLE

Hay muchas maneras de que te toque la lotería. Una de las mejores es estar enamorada y ser correspondida.

Silvia pasaba la aspiradora y el plumero al mismo tiempo mientras iba planeando la siguiente tarea de la lista. El objetivo era dejar su pequeño apartamento tan limpio y acogedor, tan irresistiblemente cómodo y hogareño, que todo aquel que lo pisara no tuviera más remedio que quedarse. Tenía que convertir aquellos cincuenta metros en la trampa perfecta.

Echó un vistazo a su alrededor, orgullosa. Cuando compró aquella pequeña buhardilla, unos años antes, sabía que podría convertirla en un lugar maravilloso, pero había costado bastante tiempo y dinero en reformas y muebles a medida dejarla tal como ella había soñado. Las paredes estaban pintadas en un suave tono verde, y las superficies a la vista, armarios, puertas, y la mesa, eran de madera pulida, encerada en un tono hueso pero dejando las vetas visibles. El espacio estaba presidido por un enorme espejo que parecía multiplicar el tamaño del saloncito. Silvia se contempló a sí misma con un pañuelo atado a la cabeza para no ensuciarse el pelo, y se sorprendió de lo cansada que parecía. Sonrió para verse más guapa.

Se sobresaltó cuando sonó el teléfono. Era Isabel, su mejor amiga. Eran inseparables desde los siete años, y se habían unido más aún desde que ambas vivían en París. Además de verse con frecuencia, se llamaban casi todos los días.

—Oye, no puedo hablar ahora —le dijo—. Me pillas con lío. Es que... hoy va a venir Alain. Se va a quedar a vivir aquí.

Su amiga hizo un silencio en el que no faltaba cierta sensación de reproche.

—¿Estás segura de que eso es lo que quieres? —le preguntó Isabel.

—Sí —respondió Silvia tras un breve titubeo—. Es lo que siempre he querido.

—¿No te había dicho otras veces que iba a dejar a la italiana?

Silvia hizo una pausa de unos segundos.

—Sí, es verdad. Pero esta vez no hay vuelta atrás, me lo ha prometido. Dice que está harto de los cambios de humor de Giulia, y de sus celos. Según él, es como una adolescente que nunca ha salido de la edad del pavo.

—Eso no le ha impedido estar un montón de años con ella. A lo mejor estaba esperando que madurase —comentó Isabel, sardónica.

Silvia ignoró el chiste.

—Bueno, ya sabes cómo son los clichés acerca de las

italianas del sur, todo eso de que son temperamentales y posesivas, y en este caso parece que se cumplen al pie de la letra. A su lado, yo soy la definición misma del equilibrio y el sentido común. O eso es lo que dice Alain cada vez que surge el tema.

Su amiga suspiró, y le hizo prometer que la llamaría pronto. Silvia volvió a la aspiradora con energías renovadas. Se sentía mejor por habérselo contado a Isabel.

No tenía mucho tiempo. Iba con retraso porque su jefe había esperado a última hora para encargarle ciertas tareas urgentes. Ya eran las siete de la tarde, y Alain podría llegar en cualquier momento a partir de las nueve. Antes de esa hora, tanto su casa como ella tenían que ser la viva imagen del bienestar, de la alegría, de lo sano, de lo correcto.

Mientras vaciaba medio armario y colocaba su ropa de verano en cajas para subir al trastero, pensaba en lo curioso que era el mundo. Llevaba tres años manteniendo una relación con un hombre casado, y sin embargo tenía la sensación de que ella era la verdadera mujer de Alain. Al menos, la que era más lógico y razonable que lo fuera.

Silvia no conocía a Giulia pero, por lo que él le había contado, tenía muy mal genio, era propensa a sufrir bruscos cambios de humor y, además, terriblemente celosa; poseía el carácter de una adolescente que nunca hubiera madurado. Según él, recordó Silvia mientras frotaba con ímpetu las baldosas del cuarto de baño, ella le aportaba la serenidad y la paz de espíritu que tanto necesitaba, y que tan difícil era de encontrar con la impredecible Giulia.

La esposa se comportaba como una amante, arrastrándolo de bar en bar hasta altas horas de la noche en busca de una pasión y una espontaneidad perdidas hacía tiempo, mientras que la amante hacía de psicóloga, le proporcionaba noches apacibles y cenas caseras, y veía con él las series de ciencia ficción en la tele. El mundo al revés.

En realidad, era posible que no existiera un «mundo al derecho». La situación de Silvia y Alain sin duda escapaba a los estereotipos, pero quizá no fuera tan inusual o tan infrecuente como pudiera parecer. Uno siempre busca lo contrario de lo que tiene, y si aquello que tiene es tormentoso y pasional, es lógico que se refugie en la calma hogareña de una mujer completamente distinta.

Aquel era el día en que esa situación, por fin, daría la vuelta, recuperando el sentido del que llevaba tanto tiempo careciendo. Alain le había prometido que dejaría a Giulia y se iría a vivir con ella. Aseguraba estar harto de los gritos, de su carácter impredecible, de las noches sin dormir por culpa de peleas pasionales. Tenía planeado exactamente todo lo que iba a decirle a su mujer. La esperaría con la maleta hecha, le dejaría las cosas claras y no permitiría que ella montara uno de sus dramas.

Después llegaría a casa de Silvia y, por fin, podrían vivir su amor sin culpabilidad, sin el estrés y la amargura del tiempo limitado, sin saltar de la cama cada vez que sonara el móvil. Podrían pasar mañanas enteras acariciándose y besándose sin que existiera una tercera presencia de miedo y de alerta contaminando su amor.

Pasó el plumero, con respeto y gratitud, por las estanterías llenas de libros que cubrían el pasillo y la mitad del salón, de aquellos cálidos compañeros que tantas veces mitigaban su soledad y le devolvían el ánimo. No sabía si Alain querría traerse sus propios libros, pero si lo hacía tendría que buscarles otro sitio. No pensaba desalojar de la estantería del salón ni uno solo de sus volúmenes.

Terminó de arreglar la casa a las ocho y media y entró en la ducha llevando el móvil consigo. Aunque le había dado a Alain unas llaves del piso, con un llavero con forma de delfín (era su animal preferido; estaba convencido de que los delfines eran más inteligentes que los humanos), no quería que la llamara y ella lo dejase sin respuesta. Aquel día, más que ningún otro, era importante no fallarle en nada, que sintiera que el salto mortal que iba a dar merecía la pena, que ella era digna de confianza y que siempre lo trataría con el cariño que tanto le había faltado en su anterior relación.

Cuando acabó de ducharse, se dio los últimos retoques con las pinzas y se maquilló con rapidez, con esa destreza que solo proporciona la práctica. Se miró al espejo y no tuvo más remedio que admitir que estaba radiante. Hacía mucho tiempo que no recordaba verse tan hermosa. Miró el teléfono: eran exactamente las nueve. Había cumplido con las tareas necesarias a la perfección, y en el tiempo justo. Una muestra más de su eficiencia, cualidad de la que se enorgullecía y que hacía que se sintiera aún más deseable, más apropiada, más digna de ser amada.

Se puso los tacones que más le gustaban a su amante, quien a partir de aquel día sería su pareja. Por supuesto, lo habitual era que él se abalanzara sobre ella nada más traspasar la puerta y que no se acordaran de comer hasta después de un par de asaltos, pero prefería tener preparado algo saludable y no tener que pedir, como él sugería de vez en cuando, una pizza a domicilio. Sin embargo, aquella era una ocasión especial: había comprado volovanes de salmón marinado y, de postre, fresas caramelizadas al licor. Con un menú como ese y una botella como la que se estaba enfriando en la nevera, nada podría salir mal.

Eran las once menos cuarto cuando Silvia empezó a reconocer que estaba nerviosa. Le resultaba extraño que Alain no hubiera llamado o escrito un mensaje para decir que estaba en camino. Encendió el televisor para hacer pasar el tiempo más deprisa.

—«No permitiré que te alejes. Ya te perdí una vez, y viví los peores momentos de mi vida. No puedo dejar que eso suceda de nuevo.»

—«Las cosas no son tan sencillas, Brad. El mundo no tiene por qué plegarse a tus deseos.»

—«¡No puedes casarte con alguien a quien no amas!»

—«Las palabras no significan nada. Ni siquiera las bodas significan gran cosa. No deberías ponerte tan dramático…»

Aburrida, fue cambiando de canal. Pero se encontró con escenas parecidas. El amor solo merecía la pena ser contado cuando era problemático, tormentoso, imposible. A nadie le interesaba la felicidad, lo que salía bien, lo que tenía un futuro. Ella sonrió, pensando que eso era exactamente lo que le esperaba con Alain: la monótona, y nada interesante, felicidad de pareja. Se recreó en esa sensación mientras veía un documental sobre los peces fosforescentes de las profundidades abisales tratando de no preocuparse por lo tarde que se estaba haciendo.

Tal vez zanjar la relación no le había resultado tan sencillo como él planeaba. A lo mejor necesitaba más tiempo para hacérselo entender a Giulia. Todo parecía indicar que una mujer con un carácter tan fuerte no se resignaría a aceptar una noticia como aquella y que buscaría el conflicto, le montaría una escena o trataría de manipularlo para que no se fuera en aquel momento sino al día siguiente. Cualquier cosa con tal de ganar tiempo y poner a su favor la partida del chantaje emocional.

Sintió la tentación de llamar o escribirle, pero pensó que era más prudente no hacerlo. No sabía en qué situación podía encontrarse. Quizá un simple mensaje pudiera ser el detonante de una nueva discusión por celos que retrasara aún más su salida de la casa.

No le gustaba recurrir a los tranquilizantes, pero el corazón le latía sin control. Abrió una cápsula y dejó caer el polvo blanco debajo de su lengua, como le había recomendado su médico si quería que hiciera efecto rápidamente.

A las once y media se volvió a duchar y se maquilló otra vez, repitiendo cada uno de los gestos como si se tratara de mantras. Pensó que sería sensato cenar un poco de ensalada, o al menos un yogur, pero en aquel momento nada le resultaba apetecible.

A las doce se obligó a sentarse frente al televisor de nuevo y puso una de sus películas favoritas, uno de esos clásicos que siempre lograban levantarle el ánimo. Sin embargo, aquella vez no funcionó. Cada vez que los protagonistas se besaban, ella imaginaba los labios de Alain sobre la boca de Giulia, de esa mujer sin rostro pero seguramente mucho más hermosa y atractiva que ella.

Los celos le ciñeron el cuerpo entero como un puño gigantesco. Se quedó sin aire. Muy pocas veces antes había sentido aquello en las entrañas, ya que Alain le había asegurado que hacía años que apenas tenía contacto sexual con su esposa. Ese fue uno de los motivos principales de que hubiera tenido una aventura con ella, sin ninguna intención de que aquello se convirtiera en algo más duradero.

Silvia no supo que él estaba casado hasta que ya se habían acostado varias veces. En un principio no creyó que fuera grave, ya que estaba convencida de que aquella historia estaba destinada a proporcionarle poco más que unas cuantas noches de pasión. Sin embargo, fueron descubriendo que tenían muchas más cosas en común de lo que parecía. A los dos les encantaban las novelas de todo tipo y hablar sobre ellas después de leerlas, los días de lluvia, reírse a carcajadas con la menor excusa y los documentales de fauna salvaje en plena naturaleza. Ninguno soportaba pasar el rato en locales llenos de humo y de ruido, y preferían estar en casa, desnudos debajo del edredón, con una buena conversación y una buena ginebra.

El simple recuerdo de todos aquellos momentos compartidos hizo que se calmara y sonriera de oreja a oreja. Tenía que confiar en él. Alain le había prometido que dejaría a Giulia y se iría a vivir con ella, y esa promesa era lo único que importaba. Se echó encima una manta, se recostó en el sofá y llenó de aire los pulmones tratando de tranquilizarse. Alain llevaba mucho tiempo en crisis, agobiado por la culpabilidad y por no ser capaz de poner fin a la problemática relación con su mujer. Conocerla a ella le había servido para centrarse, para tener más confianza en sí mismo, para conseguir un ascenso en su trabajo, para recuperar la ilusión y las ganas de vivir. Se lo había dicho muchas veces.

Por un instante sintió la tentación de llamar a Isabel, de pedirle ayuda una vez más. Era tan fácil recurrir a ella en los malos momentos... No importaba cuántos problemas tuviera, no importaba si la culpa era de ella misma. Isabel no le recriminaba sus malas decisiones, no le reprochaba que desapareciera cuando estaba mal, no estaba esperando la menor ocasión para repetir «te lo dije». Si Silvia tuviera una amiga que le contara la mitad de las historias desastrosas que salían de su boca, la mandaría a paseo, pero Isabel le había mostrado una paciencia y un cariño incondicionales. Sin embargo, no eran horas de llamar. Isabel tenía que educar a una niña ella sola y necesitaba descanso.

Trató de imaginar cómo la vería su amiga... Siempre tan desesperada y dependiente, como si Alain fuera lo mismo que el oxígeno. Era una suerte que Isabel la conociera desde hacía tanto y que supiera que no siempre se había comportado de ese modo con los hombres.

No estaba orgullosa de su dependencia y sumisión hacia Alain, y muchas veces había pensado que no deseaba ser esa mujer. Su propio comportamiento llegaba a causarle repugnancia, y la imposibilidad de cambiarlo le producía una agotadora sensación de impotencia. Se preguntaba por qué le habría entregado tanto poder sobre sí misma a un hombre que, evidentemente, no lo merecía. Quizá fuera por no haber tenido hijos, por sentir una fuerte carencia de familia y pensar que la soledad no haría sino aumentar a medida que se fuera haciendo mayor. En cierto modo, quería volcar en él todo ese amor y las ganas de cuidar a los niños que nunca tendría.

Por otra parte, había algo que no tenía nada de maternal… Aunque no sabía cuánto de cierto, de científico, podía haber en ello, el vínculo químico y físico que compartía con Alain, la sedación que le producía su olor, el trance casi hipnótico en el que entraba cuando se besaban, la persona nueva que había descubierto ser en la cama solo para él, tan liberada y diferente de lo que había sido con cualquier otro amante… La idea de que lo que había entre ellos obedecía a las leyes más atávicas de la naturaleza la obsesionaba en cierto modo. A veces pensaba que si no podía evitar volver a Alain una y otra vez quizá fuera por un motivo biológico, por una autoridad más antigua y universal que la lógica o el orgullo.

Respiró hondo, cerró los ojos, sonrió. Esperó a que la pastilla la adormeciera lentamente, como si la acariciara por dentro. Había leído en alguna parte que obligarse a curvar los extremos de la boca liberaba tantas endorfinas en la sangre como una sonrisa espontánea. Silvia se deslizó hacia el sueño luciendo en los labios la tensa sonrisa de la voluntad.

2

Johnny, tu n'es pas un ange...

ÉDITH PIAF

Oyó un ruido. Algo hizo que se despertara. Sobresaltada, fue hacia la entrada y abrió, pero allí no había nadie. Cerró la puerta y corrió hacia el móvil. Eran las dos de la madrugada. Ninguna llamada perdida, ningún mensaje. Suspiró, preocupada. Quizá había llegado el momento de atreverse a preguntarle qué estaba sucediendo. ¿Y si había tenido lugar algún imprevisto, algún accidente? ¿Y si Giulia había cogido una cuchilla o un frasco de pastillas amagando un suicidio para retenerle?

Pero lo más sensato era mantener la calma. Por mucho que le royera las entrañas, tenía que comportarse como si aquella fuera una noche más, una de las muchas en que Alain había cancelado una cita y ella había tenido que mostrarse dulce y comprensiva.

Fue al botiquín y sacó de nuevo la caja de tranquilizantes. Necesitaba un poco de ayuda para que su corazón y sus tripas dejaran de temblar. Dejó caer el polvo blanco bajo la lengua y se miró al espejo mientras sentía cómo se deshacía en su boca. Después de tomarla tantas veces, aquella sustancia ya le sabía a relajación. El espejo le mostró a una mujer firme, con una mirada de determinación. Una mujer hecha a sí misma. Observó en la imagen todos los signos de las batallas que había vencido, los esfuerzos que había hecho para domeñar su piel, su postura, sus cejas. Lo mucho que le había costado empezar una nueva vida en un país diferente, dejando atrás a su familia, sus amigos y el entorno de protección y seguridad en el que siempre había confiado.

Se peinó varias veces, ya que se le había desordenado la melena, y dejó que esta cayera a ambos lados enmarcándole el rostro. Nunca había sido tan atractiva como en aquel momento, como no dejaban de repetirle quienes la conocían. El amor hacia Alain había hecho que adelgazara, y por primera vez en su vida había aceptado la humillante disciplina de un gimnasio. También había aprendido a vestirse según el gusto de él, aunque personalmente le pareciera algo vulgar. Pero ver cómo se le encendía la mirada cada vez que la veía aparecer con esos tacones, con esos vestidos ceñidos, con esos escotes que nunca en su vida se le habría ocurrido ponerse sin sentirse ridícula, hacía que todo mereciera la pena.

Una oleada de inseguridad se cernió sobre ella. Quizá había cambiado demasiado a causa de él. Quizá había permitido que aquel hombre la modelara a su antojo. A veces tenía la sensación de que algo de ella misma se había perdido por el camino. Un remolino de ansiedad y rebeldía le creció por dentro del esternón.

Se miró fijamente en el espejo y se sintió espléndida. No era el momento de dejarse llevar por el miedo o el rencor. Tenía que convertirse en dueña de sí misma y de la situación. Ella, Silvia, la mujer que la miraba desde el espejo, era la serena; Giulia, la histérica. No podía permitirse perder el control precisamente aquel día, en aquel momento clave. Estaba más cerca que nunca de conseguir tener algo real con Alain, de poder construir un vínculo verdadero y adulto con él.

El móvil vibró en el salón. Silvia corrió a buscarlo tan precipitadamente que estuvo a punto de tropezar con los tacones. Con el corazón desbocado, lo cogió y se equivocó de tecla varias veces, por pura ansiedad, al abrir el mensaje.

Silvia, cariño, he intentado decírselo a Giulia y no he sido capaz. Llevo toda la noche angustiado, tratando de dar el paso, pero me he dado cuenta de que no tengo valor para hacerlo. Siento ser tan débil y no poder cumplir las promesas que te he hecho.

Silvia, aturdida, leyó y releyó el mensaje varias veces… Aquello no podía estar pasando. ¿Significaba que el muy… el muy egoísta se había quedado tan tranquilo mientras ella no sabía nada de él, mientras le esperaba hecha un manojo de nervios? ¿Cómo podía tener tan poca empatía?

Le dieron ganas de llamarle y soltar cuatro gritos para desahogarse. Por supuesto, no habría servido de nada, ya que él jamás cogía el teléfono si estaba con su esposa en casa. La situación contraria, en cambio, se había dado varias veces: Giulia podía llamarle a cualquier hora y en cualquier momento, y él estaba obligado a responder. No sin antes mirar a Silvia con cara de cachorrito y llevarse un dedo a los labios para pedirle que guardara silencio.

Ella apretó los puños. Caminó hacia el baño y empezó a desmaquillarse cuidadosamente.

El móvil volvió a vibrar. A Silvia le dio la absurda impresión de que lo hacía con más timidez, e incluso cobardía, que la primera vez. El sonido hizo que le fallara el pulso al aplicarse el desmaquillante, con el resultado de que una espesa gota de crema le entró en el ojo derecho. Ardía como si el globo ocular se le estuviera cociendo por dentro. Se moría de ganas de ir a ver el mensaje, pero contuvo el deseo de hacerlo antes de lavarse bien con agua fría.

El nuevo mensaje era mucho más corto:

Creo que lo más prudente sería que no nos viéramos más. No quiero que nadie sufra. Gracias por estos años maravillosos. Siempre, Alain.

En cuanto sus ojos recorrieron las letras, Silvia perdió el equilibrio y sintió que se derrumbaba. Una vertiginosa náusea se apoderó de su cuerpo, obligándola a correr hacia el cuarto de baño. Se dejó caer al suelo y se abrazó a la taza para vomitar un líquido claro y amarillento. Hacía muchas horas que no comía, se le había olvidado por completo con los nervios de preparar la casa para Alain.

No quería alejarse del baño por si tenía un nuevo acceso de bilis, así que permaneció arrodillada sobre las frías baldosas pensando que ya no podía caer más bajo.

De repente, la gélida porcelana adquirió una cualidad consoladora. Al menos podía abrazar algo. Cerró los ojos. Mientras respiraba el olor acre de su propio vómito, de aquella sustancia que había huido de su cuerpo por no soportar el dolor que anidaba en sus entrañas, su mente empezó a recitar un rosario de insultos dirigidos a Alain, más para sugestionarse que porque lo sintiera de verdad.

Para poder seguir con él, Silvia se había autoengañado. Había hecho un eficaz esfuerzo por desterrar muchos recuerdos desagradables de su mente. Pero en aquel momento, de rodillas en ese reluciente cuarto de baño que había limpiado a fondo para un hombre que nunca volvería a pisarlo, se vio obligada a reconocer que no era la primera vez que aquella relación la llevaba a una situación parecida. Por supuesto, él nunca había sabido nada de todo eso. Él pensaba que Silvia era la imagen misma de la contención y la madurez, y que sus retrasos y desplantes reiterados apenas le causaban efecto.

Unas lágrimas desapasionadas, abundantes, pero automáticas, empezaron a brotar. Sabían a «te lo dije». Es más, sabían a «todo el mundo te lo dijo», e incluso a «tú misma te lo has dicho muchas veces». Una jaqueca comenzó a pulsar en el lado derecho de su cabeza.

Se levantó y tiró de la cadena. Después se lavó los ojos. Por último, borró los mensajes de Alain. Una vez que tanto las pruebas como la causa de su pequeño ataque hubieron desaparecido de su vista, se sintió algo mejor.

Sin ser demasiado consciente de lo que hacía, fue hacia la nevera. Cogió los exquisitos envases de la pastelería que contenían la cena y los arrojó por la ventana, a la calle. Ni siquiera se sintió culpable por si podía hacer daño a alguien que pasara.

Era imposible dormir en aquel estado. Tuvo el impulso de huir de su propio piso, en el que se cristalizaban todas las aspiraciones de retener a Alain. Era como si las paredes se cerrasen sobre ella, acusadoras: «Nunca debiste intentar capturarlo. Ahora lo has perdido para siempre y aquí te quedarás, a solas con nosotras, más triste que nunca».

Se puso unas botas de tacón bajo, cogió el abrigo y el bolso y salió a la calle.

3

Paris Tour Eiffel

Jacques Hélian

Se puso a caminar sin rumbo fijo.

París es una ciudad hermosa incluso a las tantas.
Como muy acertadamente asegura la famosa canción de
Cole Porter, es bonita en verano y en invierno, al atar-
decer y a pleno sol, inundada por la niebla o bajo la lluvia, azotada por el viento o cubierta por la nieve como un
elegantísimo pastel.

Sin embargo, la belleza no basta para calentar el corazón durante demasiado tiempo. Los primeros días en la
ciudad habían sido estupendos, ya que todo eran descu-
brimientos y novedades. Silvia no podía dejar de pensar
en lo mucho que su abuela le había hablado de la Ciudad
de la Luz cuando ella no era más que una niña, de sus
panaderías llenas de *brioches* y *petits pains au lait*, de las
bombonerías artesanales, de las diminutas y coquetas
boutiques de vestidos y sombreros con sus diminutas
y coquetas dueñas, todas con collares de perlas. La pequeña Silvia, en su madrileño piso de la calle de Narváez,
soñaba con aquella ciudad que nunca había visitado como

si se tratara del país encantado de uno de sus cuentos de hadas.

Varios años después fue la ciudad que escogió para disfrutar de su beca Erasmus. Consiguió que le concedieran un destino tan solicitado a base de estudiar francés en sus horas libres mientras sus amigas se iban de copas y tonteaban con chicos. Pero mereció la pena: aquel primer viaje la había dejado llena de recuerdos dorados. Todo fue tal y como lo había soñado. Incluso se había besado con un auténtico parisino, un chico encantador al que le temblaban las piernas aún más que a ella. Volvió a Madrid con los ojos cargados de polvo de estrellas, y deseando regresar.

Sin embargo, el segundo viaje fue muy distinto. Las condiciones habían cambiado por completo: ya no era la estudiante capaz de comerse el mundo con un futuro brillante ante sí, sino la desempleada de un país de segunda que se veía obligada a emigrar para poder mantenerse. Afortunadamente, conocía el idioma. Cuando por fin encontró trabajo, tras casi dos meses de hacer entrevistas, la gente no dejaba de felicitarla, incluso con un eco de envidia en sus voces. «Qué suerte», le decían. «Menudo lujo, vivir en el lugar más bonito del mundo.» Sí, pensaba ella, que ya había empezado a conocer el lado amargo del paraíso. Pero justo en el momento en que había estado a punto de tirar la toalla, desanimada por las dificultades y por un cielo que siempre estaba encapotado, conoció a Alain. Y con Alain, el París de sus sueños regresó para quedarse.

Silvia caminaba hacia el sur, hacia el Sena. Quizá, sin

darse cuenta, buscaba recuperar esa magia del deslumbramiento, el lado fascinante y romántico de la ciudad. Caminaba deprisa, como un robot, sin acusar apenas el frío. Era como si al recorrer la ciudad intentara hacer entrar en calor no solo su cuerpo, sino también su alma.

Tenía que aprender a vivir sin Alain. Estaba en la Ciudad de la Luz y no podía permitirse estar enganchada a un sujeto que había demostrado tantas veces cuál era su verdadera calaña. Silvia ya no era la chiquilla sola y desorientada que había llegado a la gran ciudad cuatro años antes. Ahora tenía independencia económica, una buena posición profesional, casa propia. Debía demostrarse a sí misma que poseía dignidad.

Suspiró recordando el día que lo conoció. Coincidieron en una fiesta de la asociación de españoles a la que pertenecía la abuela Eva. En un principio, Silvia solo había ido a ayudarla a transportar seis enormes tortillas de patata. Pero nada más llegar, aquel francés encantador se puso a darle palique con su español absurdo, y ella no fue capaz de resistirse a esa labia entusiasta mientras sonaban pasodobles y canciones de Lola Flores. Alain no intentó disimular ni por un momento que el único motivo por el que estaba en aquella fiesta era para conocer a alguna fogosa mediterránea, pues al parecer eran su debilidad.

No pudo evitar que se le formara una amarga sonrisa en los labios al recordar aquel día, y todos los demás. Su historia con Alain había sido tan pura, tan intensa… Tras cada bache, todos los reencuentros habían estado aún más cargados de pasión, como aquella vez que él había ido a buscarla al trabajo por sorpresa cuando no se hablaban y le había hecho llegar un ramo de flores con un dron teledirigido...

Pero, a pesar de que su mente se empeñara en recordar solo los buenos momentos, Silvia tenía que reconocer que los dolorosos, los humillantes, habían sido muchos más. Había pasado más días insatisfecha y triste que sintiéndose plena y agradecida. Lo peor de él, lo que más la desconcertaba, era la enorme diferencia que había entre sus palabras y sus actos. Esa falta de coherencia hacía que dudara de todo: de sí misma, de la propia lógica. Por tratar de comprenderle, algunas veces Silvia había llegado incluso a dudar de cosas que sabía que eran ciertas, o de sus propias percepciones o actos.

Uno de los detalles que más la incomodaban, que peor hacía que se sintiera, era que la mayor parte de las ocasiones en que Silvia le había pedido algo, y habían sido muy pocas a lo largo de los años, él se lo había negado. Y esa negativa siempre había tenido la misma forma: la de un cariñoso beso.

Las primeras veces, Silvia consideró que él trataba de compensar la negativa con un gesto de cariño para hacer que se sintiera querida a pesar de no poder cumplir sus expectativas, pero al pasar el tiempo y repetirse esta situación ella comprendió que esa costumbre la exasperaba porque no hay nada más opuesto que una negativa y un beso. Aquel gesto era el ejemplo perfecto de la disonancia entre significado y acto que caracterizaba toda la conducta de Alain hacia ella. Silvia había acabado odiando aquellos besos torcidos, perversos.

No, no podía seguir fantaseando con él. La experiencia le indicaba que si ella lo esperaba, si continuaba estando allí sin agobiarle, sin molestarle con sus sentimientos, él acabaría por volver a buscarla, como había sucedido otras veces. Si pasaba por el aro, si se comportaba como él deseaba, él la aceptaría a su lado de nuevo. Pero tenía que dejar de pensar en cómo agradarle y empezar a pensar en cómo agradarse a sí misma. Lo importante no era lo que quisiera Alain, sino lo que le convenía a ella, a Silvia. Era ella la que tenía que decidir qué tipo de relación deseaba tener. Era la responsable de su destino.

De repente, la silueta de la torre Eiffel se alzó ante ella. ¿Cómo había llegado hasta allí? ¿De verdad había caminado tanto? Debía de ser tardísimo. Seguro que faltaba poco para el amanecer. Incluso a aquellas horas, y en un día frío, en los alrededores de la torre había varias parejitas dándose besos y sacándose *selfies*. Quizá pensaran que aquel lugar podía contagiarles algo de su magia. Silvia torció el gesto con amargura, ya que sabía que en el amor no hay nada que garantice la felicidad, y les deseó a aquellos amantes mejor suerte que la que había tenido ella.

Se quedó mirando la torre, el centro destellante de la ciudad de fantasía que le había descrito su abuela Eva. Miró hacia el cielo, hacia las pocas estrellas que asomaban en el contaminado firmamento. Estaba segura de que una de las más brillantes era su abuela, que de algún modo la cuidaba y protegía desde el cielo parisino. El día que la enterraron, Alain la había acompañado haciendo de ese perfecto marido que en realidad lo era de otra.

Ojalá pudiera tener a la abuela en su vida para pedirle consejo, o simplemente para volver a oír sus palabras, la dulce voz que le había contado, de pequeña, tan solo la mitad bonita de las cosas.

4

J'ai oublié de vivre
JOHNNY HALLYDAY

Lo malo de pasarse la mayor parte de la noche llorando y caminando no es haber estado despierta, sino tener que ir a trabajar al día siguiente.

—¡Mademoiselle Patiño! —le gruñó su jefe—. ¡Si no es capaz de realizar con éxito las tareas delicadas tendré que descontarle las pérdidas de su sueldo!

Clothilde, su compañera de más edad, acudió en su defensa.

—Solo ha sucedido una vez, monsieur Lestaing. Silvia nunca ha dado muestras de ser poco cuidadosa. Debe de estar cansada...

—¡Cansada! ¡Es evidente que está cansada! Seguro que se ha pasado la noche de juerga. ¡Si cree usted que nadie se ha dado cuenta de las ojeras que trae usted hoy, mademoiselle Patiño, es que nos toma por tontos! ¡Que sea la última vez que desperdicia usted los recursos de la empresa por su falta de profesionalidad!

Diciendo esto, el jefe volvió a encerrarse en su despacho dando un fuerte portazo tras de sí. Clothilde sonrió a Silvia, haciendo un gesto con la cabeza que significaba que no le diera importancia al mal humor del jefe, y la acompañó hasta su puesto.

Era una mujer tan sensata que Silvia se alegró de tenerla de su lado, ya que eso significaba que en realidad su error no había sido para tanto. Admiraba mucho a Clothilde por esa capacidad de mantener la calma incluso en situaciones de mucho estrés y por no levantar nunca la voz. A pesar de tener casi sesenta años, gozaba de un aspecto estupendo, con esa elegancia parisina que se manifestaba en gestos y detalles. Era una mujer de carácter práctico, en absoluto ostentosa a pesar de que su sueldo era alto, y el único lujo que se permitía era llevar una melena perfecta de color chocolate con un flequillo cortado por un peluquero experto.

—Lo siento... Es verdad que he pasado mala noche —se disculpó Silvia, con un hilo de voz.

—Nos puede ocurrir a cualquiera. Y no es nada fácil usar la batidora esa...

Clothilde se refería a uno de los carísimos aparatos que había en el laboratorio. El nombre exacto de la máquina era muy largo y complejo, y hacía falta personal extremadamente cualificado para manejarla.

—Además —continuó la empleada con más experiencia—, otras personas han metido la pata antes con la maquinaria técnica y François no se ha puesto así. Está de un humor insoportable últimamente. Puede que hayan sido los gais de esta mañana...

Monsieur Lestaing era conocido por su carácter conservador y reservado. Sin embargo, debido a uno de sus hallazgos en la década de los noventa, que resultó clave en los avances de la medicación contra el VIH, a menudo recibía en la oficina visitas de grupos de homosexuales agradecidos por su descubrimiento. Le llevaban regalos pintorescos, en ocasiones demasiado extravagantes para su gusto. Aquella misma mañana una pareja particularmente desenfadada había dejado las instalaciones llenas de cajas de bombones de color rosa brillante.

—Bueno, tú lo conoces más que yo —refunfuñó Silvia—. Seguro que para él soy una principiante recién llegada. Al fin y al cabo, *solo* llevo en esta empresa tres años y medio...

—¿Tres y medio, ya? Cómo pasa el tiempo. Parece que fue ayer cuando llegaste, con tus gafitas y tu trenza, con la carrera recién acabada...

—El doctorado recién acabado. Pero antes del doctorado había trabajado en otra empresa, así que tenía casi treinta años.

—¡Madre del amor hermoso! ¿Quieres decir que estás cerca de cumplir los cuarenta? Eso sí que no me lo esperaba.

—Tampoco te pases, Clo. Sabes perfectamente la edad que tengo.

—Me sigue extrañando que sigas soltera.

Silvia trató de sonreír, pero su cara se había vuelto de plastilina seca y pegajosa después de aquel comentario. Afortunadamente, había respondido a insinuaciones de este tipo tantísimas veces que ya tenía una batería de frases preparadas, y se dispuso a disparar.

—Bueno, aún no ha aparecido el chico adecuado. Es

cuestión de suerte, no todo el mundo encuentra el amor a la misma edad. Según las estadísticas...

—Ya, ya, no me cuentes otra vez todos esos rollos. Ya sé que tú no tienes nada de malo. Lo que no acierto a comprender es qué les pasa a todos esos solteros de ahí fuera. ¿Cómo dejan escapar a un bombón así, espabilada, cariñosa, con trabajo, con su propio apartamento? ¡Por el amor de Dios! El hecho de que sigas soltera es una prueba concluyente de que los parisinos no están a lo que tienen que estar.

—¡Clothilde! —oyeron que chillaba monsieur Lestaing desde el interior de su despacho.

Esta se apresuró a ver qué necesitaba el jefe. Era su empleada de confianza desde hacía casi dos décadas, y si no fuera por ella, por su sensatez y capacidad de organización, aquella empresa se habría ido a pique mucho tiempo atrás.

A pesar de llevarse tan bien con su compañera, a la que seguramente fuera más apropiado llamarla «amiga», Silvia nunca le había confesado que se veía con un hombre casado. Sabía lo que ella, que tenía un matrimonio perfecto, opinaría al respecto.

Se puso a reflexionar sobre las palabras de Clothilde y, no por primera vez, pensó hasta qué punto su prolongada historia con Alain había impedido que conociera a otros hombres, que empezara una relación sana con alguien. Haber pasado tantos años con él no solo había dañado su autoestima, sino que además le había hecho perder un tiempo precioso, unos años clave.

Regresó a su puesto de trabajo antes de que el jefe

terminara con Clothilde, para evitar cualquier posible reprimenda. Al pasar junto a la mesa de un compañero vio que encima tenía un ejemplar de la revista *Fenómenos Fascinantes*.

—Esconde eso antes de que lo vea el jefe —le recomendó.

El muchacho, que solo llevaba unos meses en la empresa, se apresuró a hacerle caso.

—Ya he visto cómo se ha puesto antes contigo. Está de mal humor, ¿no?

—No es su mejor día, desde luego. Pero lo cierto es que, tenga buen o mal día, siempre suelta sapos y culebras acerca de este tipo de publicaciones «anticientíficas», como él las llama. Les tiene muchísima manía.

El chico le dio las gracias por el consejo. Después repasó su despacho y también escondió un cochecito de juguete y un banderín de un equipo de fútbol.

—Por si acaso.

Lo que Silvia le había dicho era totalmente cierto, pero ella tenía un motivo secreto para no desear en absoluto ver esa revista. Y el motivo era que Alain era uno de sus redactores.

Cuando lo conoció, pensó que jamás podría tomarse en serio a alguien que creyera en la inteligencia cósmica de los delfines, la tierra hueca, el origen extraterrestre de Jesucristo, la memoria genética o la retrocausalidad cuántica. No creyó que fuese a enamorarse de una persona que despreciaba la verdadera formación científica con la excusa de que las grandes corporaciones mediatizan a su antojo toda la información disponible. A Silvia le gustaba cómo se comportaba en la cama; le parecía divertido y poco más. Estaba a salvo.

Sin embargo, a veces el cuerpo, y quizá el alma, tiene razones que la razón no entiende, y poco a poco Silvia fue desarrollando una curiosidad casi morbosa por todo lo relacionado con aquel hombre incomprensible. Parecía muy inteligente, de modo que ¿por qué creía en cosas cuya falsedad era fácilmente demostrable? Accedió a acompañarle a sesiones de transmisión de pensamiento, a veladas de curación por los mandalas y a jornadas de vacunación mental. Había escuchado de forma respetuosa las opiniones de los asistentes e incluso había cambiado su inflexible punto de vista universitario en lo relativo a algunas cuestiones, volviéndose más tolerante con el pensamiento mágico. Al fin y al cabo, estaba demostrado que el placebo podía curar muchas cosas.

Tardó unos meses en darse cuenta de que el verdadero motivo de su interés por aquellos temas era que se estaba enamorando hasta la médula de su amante casado. Aquello sí que era un fenómeno paranormal. Y de ese modo la lógica y el sentido común se fueron desintegrando poco a poco de su vida para hacerle sitio a Alain.

Y ahora solo tenía que resolver la pequeña cuestión de qué hacer con todo el sitio que se había quedado vacío.

5

Je suis seule ce soir
Léo Marjane & Brassai

Los sábados son curativos. Para las personas que trabajan de lunes a viernes, ese es el único día de la semana que les permite relajarse de verdad. Incluso en períodos de depresión y crisis, en cierto modo obligan a que se sientan mejor. Así que lo más sabio era aprovecharse de la situación.

A pesar de que seguía teniendo la impresión de que ahogar lo que sentía por Alain, en su momento de mayor intensidad, se parecería a triturar con sus propios dedos el cuello de un cachorro de gatito, o quizá precisamente por ser consciente de la dificultad de aquella tarea y de las sucesivas agonías que iba a conllevar, Silvia decidió dedicarse aquella jornada a sí misma. Dispuso algunas velas aromáticas alrededor de la bañera y programó una lista de su música relajante preferida.

Abrió la caja de calmantes casi sin darse cuenta, pero en lugar de sacar una pastilla se quedó mirando el blíster, pensativa. ¿De verdad lo necesitaba? Sabía cómo funcionaba la química del cerebro y aquellas sustancias podían acabar causando adicción. Respiró hondo y decidió tratar de relajarse sola. Solo recurriría a las pastillas si volvía a encontrarse realmente mal.

No sabía nada de Alain, y poco a poco se iba mentalizando de que era probable que fuese mejor así. Él le había dicho en varias ocasiones que quería «proteger su matrimonio» a pesar de que no le hacía feliz. Cada uno era libre de escoger sus propios castigos, y eso Silvia lo sabía mejor que nadie. Pero no había sido justo para ella que le hubiera contado sus dudas, dándole esperanzas acerca de un hipotético y fantasmal futuro juntos.

Mientras vertía en el agua caliente sales de baño con aroma a sándalo y formaba espuma con el gel dorado, recordó que a lo largo de los años todas sus amigas y amigos, sin excepción, le habían dicho que aquella relación no le estaba haciendo bien. A algunos, como a Sandrine, a la que había conocido en el gimnasio, les había contado más cosas, pero incluso conocidos como Paul y Rita, con quienes solo coincidía de vez en cuando en las cenas que organizaba Isabel y no estaban al corriente de casi nada, le habían comentado que se ponía muy tensa cuando hablaba de Alain, por mucho que intentara sonreír.

Había descuidado a sus amigos durante todo el tiempo que había estado con él. Se había volcado en estar dispuesta para él a cualquier hora, en priorizar la posibilidad de verle, en lugar de cultivar las mucho más saludables y gratificantes relaciones de amistad. Pero lo peor era que ella misma había dejado de ser su propia amiga. De haberlo sido, se habría dado cuenta a tiempo de lo que estaba sucediendo. Habría sido capaz de ver lo que los demás estaban percibiendo tan claramente.

Se despojó del albornoz y se metió en la bañera prometiéndose no pensar en aquel majadero, débil, cobarde y mentiroso, al menos durante el rato que estuviera en el agua. Se concentró en el cálido abrazo líquido, en la caricia de la espuma y en la música. Lo más importante en aquel momento era sentirse bien consigo misma.

Por supuesto, no lo consiguió. A pesar de que había eliminado el último mensaje de Alain al poco de recibirlo, tenía aquellas palabras grabadas a fuego: «Lo más prudente», «No quiero que nadie sufra», «Gracias por estos años maravillosos», «Siempre».

¿Cómo se podía ser tan cursi y al mismo tiempo tan insensible? ¿Desde cuándo era prudente Alain Ivory? ¿Qué demonios era eso de que «nadie» sufriera mientras la dejaba? ¿Es que ella no contaba como «alguien» y su sufrimiento no importaba, o no era real, o algo así? ¿Cómo era posible despedirse de la persona con la que has estado tanto tiempo mediante un asqueroso SMS? Y si los años en cuestión realmente habían sido «maravillosos», ¿por qué quería ponerles fin y le resultaba tan sencillo hacerlo?

Sumergida en la bañera, Silvia estaba tan enfadada que tuvo la sensación de que el agua subía varios grados de temperatura. Por supuesto, lo más doloroso del mensajito era la última palabra: «Siempre». Tan tramposa... tan manipuladora... tan vacía de significado. Era lo peor que se le podía decir a alguien de quien te estabas despidiendo.

Su cuerpo se puso a temblar de ira, de rabia, de frustración. En aquel instante pensó que se sentiría mucho mejor si pudiera gritarle todas esas cosas a Alain, y reprocharle que la hubiera enamorado, medio por accidente medio a sabiendas. ¿A quién no le gusta tener a una persona bebiendo los vientos por uno? Y a Alain debió de resultarle tan fácil... Después de llevar tanto tiempo sola, y de sus desastrosas relaciones eventuales, Silvia había sido la víctima perfecta: confiada, entregada y con la autoestima por los suelos. Habría sido capaz de cualquier cosa a cambio de una caricia.

Pero ¡aquello no era lo que se suponía que tenía que hacer! Era su momento para relajarse y cuidarse, no para seguir pensando en Alain. Probó a tararear una de sus canciones preferidas, pero casi todas resultaron ser de amor.

Comprendió que por mucho que hubiera preparado a conciencia la escena que la envolvía, controlar lo que le estaba pasando por la cabeza era muy difícil. La angustia ante la idea de que sus labios nunca más volverían a rozar la piel de Alain era parecida a un síndrome de abstinencia. No tenía nada que ver con la mente, se trataba de una sensación corporal, completamente salvaje y primaria. Todas sus células, cada uno de sus sistemas, le pedían que corriera hacia él, que lo buscara.

Entonces sonó el timbre.

Una descarga de adrenalina le tensó el cuerpo entero. Sus labios formaron automáticamente el nombre de Alain. Tenía que ser él. Se había dado cuenta de lo mucho que la echaba de menos y había ido a decírselo. No podía estar sin ella.

Salió del baño tan deprisa que estuvo a punto de resbalar. Eso hizo que volviera a pensar con la cabeza: no le serviría de nada que Alain hubiera ido a buscarla si ella se moría antes. Se puso el albornoz. Se miró al espejo y decidió que no podía abrir sin pintarse al menos los labios y la raya.

Caminó hacia la puerta con pasos lentos y silenciosos, pero su corazón hacía tanto ruido que le parecía increíble que no se oyera desde la calle. Respiró hondo y se quedó inmóvil frente a la puerta. De pronto no quería abrirla. Le daba miedo que fuera Alain, y también le daba miedo que no fuera él. Mientras aquella puerta estuviera cerrada, todo seguiría siendo factible, pero en cuanto la abriera, las posibilidades se irían definiendo solas, cada vez más limitadas.

—¡Silvia, soy yo! —gritó una voz de mujer al otro lado de la puerta.

Ella se llevó la mano al pecho y dejó que sus pulmones se llenaran de aire. Era su amiga Isabel, su alma gemela, su compañera inseparable desde los siete años.

Estuvo a punto de abrir pero titubeó. No le apetecía ver a nadie.

—Sé que estás ahí. Hace un minuto la mirilla dejaba pasar la luz y ahora no. Además, abajo hay un par de envases de pastelería estrellados contra el suelo a la altura de tu ventana.

Con un suspiro, la aludida se vio obligada a abrir la puerta. Enseguida entraron su amiga y la hija de esta, Isolde, que tenía doce años.

—Venimos a verte para que no te deprimas —le anunció Isabel—. Y te hemos traído pan japonés de ese que te gusta.

—Es de color verde, como la piel de zombi —explicó Isolde—. ¿De verdad te gusta eso?

Silvia se mordió el labio. Isabel no lo sabía, por supuesto, pero ella había descubierto la panadería japonesa de la rue de Sainte-Anne con Alain, que era amante de todo lo exótico. Habían cenado muchas veces en los acogedores restaurantes de esa calle, conocida como el «pequeño Tokio» parisino.

—Muchas gracias. La verdad es que no tengo demasiado apetito.

—Ya sabía que ibas a decir eso. Así que también he traído una infusión de jengibre y limón yuzu. Me vas a tener que dejar que te mime un poco, aunque sea sin aporte calórico.

No había nada que replicar a semejante razonamiento. Su amiga empezó a preparar las bebidas mientras Silvia se ponía un vestido de punto.

—¿Puedo mirar los libros? —oyó que le preguntaba Isolde.

—Claro que sí —respondió desde su dormitorio.

Silvia tenía una pequeña colección de cuentos ilustrados. Muchos se los habían regalado sus padres y sus abuelos cuando era pequeña y eran preciosos, pero la mayor parte los había comprado siendo ya adulta. Cada vez que veía un álbum ilustrado que le parecía irresistible se daba el capricho de comprarlo. De joven había pensado que todos aquellos volúmenes algún día serían para un futuro hijo o hija, pero desde que empezó a implicarse con Alain, que nunca había querido tener descendencia, desterró aquella idea de su mente. Y ya casi se le había pasado la edad en la que seguiría siendo sensato mantener semejantes fantasías.

Regresó al salón para tomar el té con Isabel y su hija. Esta había ido al pasillo, donde revisaba la estantería con mirada pensativa.

—¿No has visto ningún cuento que te apetezca? —le preguntó Silvia.

—No está el que más me gusta —dijo la niña, que había pasado revista a su colección en numerosas ocasiones—. El de *El príncipe feliz*.

—Se lo he prestado a un... amigo —dijo Silvia.

Isabel la miró fijamente. Había adivinado, por el tono fúnebre de su amiga, a *quién* le había prestado aquel libro.

—¿Cómo has dejado que ese tío se lleve tu libro preferido? —le susurró Isabel frunciendo el ceño, sin que lo oyera Isolde—. Le has dado tu tiempo, tu cariño, tu ilusión. No puedes dejar que se lleve todo de ti. Te entregas demasiado, se lo das todo, y luego te encuentras vacía.

Silvia se quedó mirando su taza con expresión pensativa. Sí, así era exactamente como se sentía. Hueca, desierta. Era cierto que había puesto demasiado de ella para que aquella relación saliera adelante. Al perder a Alain se había perdido, en gran parte, a sí misma. Ya no sabía quererse si él no estaba allí para hacerlo. No se comprendía sin la mirada del otro, aunque esa mirada, tantas veces, le hubiera hecho daño.

Isolde regresó sin ningún libro. Su madre le ofreció

un pedazo de pan de *matcha*, pero la niña respondió con la frase que había utilizado Silvia unos momentos antes:

—La verdad es que no tengo demasiado apetito.

Su madre se echó a reír al oírlo.

—Te admira tanto que hasta te copia las palabras.

Isolde apartó la mirada, avergonzada. Silvia se preguntó si aquello era posible, si de verdad existía una sola persona en el mundo que la pudiera ver como un modelo a imitar.

Después de la merienda charlaron un rato de asuntos intrascendentes, del tiempo, de política, de las series preferidas de cada una, y cuando Isolde soltó un par de bostezos su madre le sugirió que se echara una siesta en la cama de Silvia. La niña no aceptó a la primera, pero al cabo de unos minutos siguió el consejo por voluntad propia.

En cuanto se quedaron a solas, Isabel puso la cara de estar a punto de hacer confidencias que Silvia conocía tan bien.

—Por fin solas —dijo su amiga—. Tengo que contarte algo muy importante: voy a casarme.

6

On n'est pas là pour se faire engueuler

BORIS VIAN

—¿Cómo? —preguntó Silvia, con los ojos abiertos como platos—. Pero si no me habías dicho que estuvieras saliendo con alguien...

—Pues sí —aseguró Isabel—. Es un empresario de éxito, tiene gasolineras y un par de fábricas, aunque no me he enterado muy bien de qué. El caso es que me voy a vivir con él a su país, a Dubái. ¡Es una ciudad preciosa! Y hasta tiene un Licco Francés para Isolde.

Silvia se puso pálida.

—Qué estás diciendo, Isabel... ¿Te vas a ir a un país donde las mujeres apenas tienen derechos con un tío al que conoces de unas semanas?

—Unos meses, en realidad. No he querido contar nada para que no me influyeran las opiniones de nadie. Pero estoy pensando incluso en hacerme musulmana. He estado leyendo el Corán y tiene unos textos preciosos, y no es en absoluto lo que me temía que iba a encontrar.

Silvia hundió la cabeza entre las manos.

—No... Esto no puede ser, Isabel. ¿Qué te han hecho? No puedes cambiar tanto de la noche a la mañana, y menos por un hombre. Todo esto que me cuentas...

Isabel suspiró.

—Ya me imaginaba que no te iba a gustar.

—¡Es que estás renunciando a lo que eres por otra persona! Y eso de llevarte a tu hija a un país con esa mentalidad... No te reconozco. Pero lo que más me duele es que no me hayas dicho nada.

La expresión de Isabel se transformó completamente.

—No deberías ponerte así. Después de todo, no es tan diferente de lo que te ha pasado a ti con Alain. Desde que estás con él pareces otra, has cambiado tus costumbres, tu personalidad. Apenas te vemos. A veces tengo la sensación de que eres tú la que te has ido a vivir a un país extranjero. Tampoco te reconozco, Silvia.

Las dos amigas se miraron intensamente.

—Ah, vale, ya comprendo. No estás saliendo con ningún extranjero, ¿verdad? Solo estás diciéndome esto para que me ponga en tu lugar.

Isabel asintió.

—Ya sabes que no me gusta meterme en la vida de nadie, y que te quiero y te apoyo de manera incondicional. Pero me siento obligada a decirte, como amiga, que te veo mal. Creo que te estás refugiando en una relación problemática para evitar tener que tomarte en serio, saber quién eres, decidir sobre tu propia vida de una vez.

Silvia respiró hondo. Se levantó a por un vaso de agua y se lo bebió lentamente, a sorbitos. Si Isabel le hubiera dicho todas aquellas cosas una semana antes, le habrían molestado mucho y habría pensado que no era asunto suyo. Pero en aquel momento le estaba viniendo muy bien oírlas. Era lo que se habría dicho a sí misma si hubiera sido su verdadera amiga.

—Creo que tienes razón. Estoy en un círculo vicioso. Pero no sé cómo salir de él.

Su amiga se levantó para abrazarla.

—Por cierto, no sabes cómo me alegro de que no te vayas a vivir a otro país —le confesó Silvia—. Me has dado un susto de muerte.

Las dos se echaron a reír, todavía abrazadas.

—Sé que he estado desaparecida para el mundo en cuanto recibía una llamada, y también me sentía culpable por ello.

—No es solo eso… no es cómo gestiones tu tiempo libre, cada uno puede hacer con él lo que quiera. Es lo que te pasa por dentro, cómo te ves a ti misma. A veces estar con la persona inadecuada puede convertirnos en inadecuados a nosotros también. Es lo que se llama el efecto Pigmalión: si le damos mucha importancia a la proyección que otros hacen de nosotros, a la versión de nuestra personalidad que transmiten, nos la acabamos creyendo.

Silvia sintió que la angustia le subía por el pecho, pero consiguió reprimir el acceso de llanto.

—Bueno, ya no tienes que preocuparte por eso. Alain me ha dejado.

Isabel puso los ojos en blanco.

—Esa sí que me la sé. Ya ha pasado unas cuantas veces, ¿verdad? Lo dejáis y volvéis enseguida.

—Creo que esta vez es la definitiva.

—Pues yo creo que solo será definitivo cuando seas tú la que tenga claro que no quiere volver a lo mismo. Qué valor, dejarte él a ti... un triste mentiroso que se permite dejar a una mujer cariñosa que le mima y le alegra la vida. Me muero del asco, Silvia. No quiere dejarte, no se lo cree ni él: es una más de sus herramientas de manipulación, y de las más efectivas.

Silvia agachó la cabeza. Siendo sincera consigo misma, sabía que era muy posible que Alain fuera a buscarla al cabo de unos días, e igual de probable que ella lo aceptara. Ya habían sucedido antes cosas parecidas. Varias veces.

—¿Quién eres, Silvia? ¿Quién eres tú, además de alguien que gira en órbita alrededor de los caprichos y las necesidades de otra persona?

Silvia sacudió la cabeza en lugar de responder. Era verdad que pensar en Alain, estar pendiente de sus ritmos y siempre disponible para sus caprichos le ocupaba mucho la mente, la tenía entretenida y le daba motivos para quejarse y convertirse a sí misma en un personaje trágico y digno de compasión.

—¿Por qué necesito tanto drama en mi vida? —preguntó en voz alta.

—A todos nos pide el cuerpo emociones intensas de vez en cuando —la consoló su amiga—, pero es peligroso engancharse a ellas. Funcionan exactamente igual que algunas drogas. Nos sumergen en mundos donde no existe la responsabilidad. Pero donde no hay responsabilidad, a menudo tampoco hay satisfacción.

Silvia se puso a llorar, en silencio. Se sentía vacía, de

una manera profunda que no había expresado nunca a nadie.

—¿Cuáles son tus deseos personales, los que solo tienen que ver contigo? —le preguntó Isabel, con un tono cargado de cariño y de optimismo—. ¿Cuál es tu proyecto? ¿Qué harías si te tocara la lotería y de repente tuvieras muchísimo dinero?

Silvia se tragó una bola que se le había formado en la garganta. Alguna vez había fantaseado con recibir cierta cantidad de dinero, pero la mayor parte de sus pensamientos estaban relacionados con cosas que podría hacer con Alain, como algún viaje, o simplemente estar juntos, a gusto; dejar pasar el tiempo sin prisas ni culpas.

Sintió cierto rechazo hacia aquellos pensamientos, como si se estuviera viendo a través de los ojos de Isabel. ¿Quién era, una especie de mujer del siglo XIX, incapaz de hacer otra cosa que no fuera suspirar por un hombre? El anzuelo del romanticismo era algo destructivo, y ella se lo había tragado tan profundamente que no solo se le había clavado en la garganta: le había enganchado el corazón. Por estar pendiente de un hombre para el que siempre estaba disponible, por no saber nunca cuándo iba a tener un rato «para escaparse», Silvia se había olvidado de sí misma, no solo descuidando sus amistades, sino dejando de hacer muchas de las cosas que le gustaban, como ir a manifestaciones con Isabel o pasar la tarde haciendo manualidades con la niña, cuya infancia se le había pasado rapidísimo por verla tan de tarde en tarde. También hacía mucho tiempo que no salía a correr por el parque.

—Te he buscado esto —dijo Isabel a la vez que sacaba un papel de su bolso—. Solo te pido que le eches un vistazo. Sé que no crees en los psicólogos ni en los terapeutas, pero me da la impresión de que este no es como los demás. Su método parece hecho especialmente para encajar contigo. Ojalá le des una oportunidad.

En el papel, con la elegante letra de Isabel, estaba escrito:

Curación por los libros
Fingal O'Flahertie
Rue des Beaux-Arts, 13

—¿Curación por los libros? —preguntó Silvia extrañada—. Esto parece un camelo.

Por otra parte, aquella asociación de calle y número le sonaba de algo. Había pasado muchas veces por esa zona, pero en aquel momento no recordaba qué era lo que debería recordar acerca de aquella dirección.

—Me han hablado muy bien de él —insistió Isabel—. Estoy dispuesta a pagarte las sesiones si es necesario. Por favor, *ma chère*, es muy importante para mí que vayas. No soporto ver sufrir a mi mejor amiga por culpa de malas personas.

Su amiga miró por la ventana, melancólica.

—Yo también te quiero mucho, Isabel, pero no puedo prometerte que vaya a ir.

7

C'est mieux comme ça
MIREILLE MATHIEU

Isabel insistió en dar un paseo por el parque. Silvia vivía muy cerca del parque des Buttes-Chaumont, de modo que aunque no le apetecía lo más mínimo accedió a salir un rato para complacer a su amiga y evitar que se preocupara demasiado. Mientras caminaban bajo los árboles otoñales, fingió a la perfección un estado de ánimo normal y afable.

Sin embargo, en cuanto estuvo de vuelta en su apartamento, las nubes de la desesperanza y la soledad la envolvieron de nuevo. A su cabeza acudían una y otra vez frases sueltas de Alain, el estúpido texto de sus mensajes, las imágenes de él que tanto se había esforzado por grabar en su memoria para siempre.

Cogió el teléfono con delicadeza, casi como si fuera la mano de Alain. En aquel momento era el único vínculo potencial que podía existir entre ellos. Lo observó durante largo rato, planteándose si escribirle o llamarle.

Por supuesto, sabía que no debería hacer ninguna de las dos cosas. Si una amiga le hubiera contado la tercera parte de lo que le había pasado a ella con Alain, o si hubiera leído que a la protagonista de una novela o una película le ocurrían semejantes cosas, habría pensado, sin lugar a dudas, que tendría que hacer todo lo posible por dejar de verlo. Pero ella había sido incapaz de percibir desde fuera su propia situación, y seguramente siguiera siéndolo.

Para ella, su historia con aquel hombre estaba compuesta de excepciones. Todas las cosas negativas que habían sucedido tenían su explicación en la cualidad única de la interacción entre ellos. Las reglas que se aplicaban a otras parejas no funcionaban en su caso debido a su carácter tan especial.

Silvia se daba perfecta cuenta de que todo aquello no era más que una falacia, pero sus vísceras, esa parte de su cuerpo que resultaba tan difícil controlar, tenían sus propias necesidades, y generaban emociones adictivas e indomables.

Quizá todo fuera culpa de su propio nombre. Recordaba con claridad el momento en el que, con doce o trece años, había mirado en un diccionario de nombres propios y había descubierto que significaba «silvestre, salvaje». Pocos años más tarde había leído la famosa novela *Sylvie*, de Gérard de Nerval; la historia de un chico enamorado de la misteriosa Sylvie, cuyo secreto resultaba tremendamente acorde con el estado de ánimo en el que se encontraba en aquel momento.

No podía dejarse llevar más por las pasiones oscuras. Había llegado la hora de tomarse en serio a sí misma y no caer fascinada ante cualquier imbécil. El primer paso estaba, literalmente, en la palma de su mano: tenía que borrar el número de Alain de la agenda del móvil.

En ocasiones anteriores ya lo había hecho desaparecer de la libreta en la que anotaba todos los números como copia de seguridad. Y aquel pequeño dispositivo electrónico era el único lugar del mundo en el que existía un registro de aquellas funestas nueve cifras. Rápidamente, sin mirarlo para no caer en la tentación de aprendérselo de memoria, sustituyó el nombre de «Alain» por la frase «No coger». Ya tenía varios números basura adjudicados a aquella etiqueta, como los pertenecientes a empresas que hacían *spam*.

En pocos segundos, el número de Alain, la persona más distinta y especial de su universo, se convirtió en uno más nadando en la viscosa piscina de los indeseables. Silvia experimentó una punzada en el corazón al darse cuenta de que sería muy difícil identificar su número, y que requeriría un buen rato de llamadas tediosas poder recuperarlo. Pero también notó una instantánea y sorprendente sensación de alivio, que le pareció buena señal.

Quizá estuviera dando pasos en la dirección correcta, al fin y al cabo. Quizá, y a pesar de lo que ella misma percibiera, los consejos de Isabel y del resto de sus amigos habían terminado por calar en ella. Sí, debía de ser eso. Estaba en el buen camino, en el de la autoestima y la mejora personal. Solo necesitaba un poco de tiempo y el dolor terminaría por desaparecer. En tan solo unas semanas ya estaría tan fuerte que apenas recordaría quién era aquel imbécil.

Para celebrarlo, se animó a comer una rebanada del

suculento pan de color verde que le había regalado Isabel como muestra de cariño y de apoyo. Su amiga la había soportado y respaldado en sus peores momentos, en sus días más oscuros, e incluso cuando, como en aquel caso, la culpa de todo era exclusivamente suya, de Silvia, y de nadie más. Cerró los ojos para disfrutar del momento. Con cada bocado se sentía querida y cuidada por su mejor amiga. Esta vez no iba a defraudarla. Se olvidaría de Alain y dejaría de estar deprimida para poder pasárselo bien con ella, y no obligarla a cargar con el fardo de los problemas que ella solita se había buscado.

Iría a hacer deporte. Siempre le había sentado bien. Fue a su habitación a ponerse los leggins y las zapatillas. Y se sacaría una foto mientras iba a correr para que Isabel viera que estaba poniendo de su parte. Así se sentiría orgullosa de ella, y eso haría que para la propia Silvia fuera más sencillo sentirse orgullosa de sí misma.

Estaba a punto de salir por la puerta cuando sonó el teléfono. Silvia, que ya tenía la cabeza puesta en la agradable sensación de correr por el parque, lo miró distraída pensando que seguramente se tratara de su madre; ya la llamaría más tarde. Pero cuando vio que quien llamaba era «No coger», se le heló la sangre. Se detuvo en el umbral, con la puerta medio abierta, y respiró hondo intentando controlar los nervios. Quizá fuera el enésimo vendedor de tarifas de internet o de préstamos bancarios. No debería ni plantearse cogerlo. Tendría que arrojar el teléfono al sofá y lanzarse a la calle. Y sin embargo...

El teléfono siguió sonando. Tres toques, cuatro. Cada vez el corazón le latía más fuerte, como si estuviera a punto de estallar. Era una sensación angustiosa. Los pulmones se le vaciaron de aire.

No fue capaz de resistirlo. Cogió el teléfono.

—¿Silvia? —preguntó la voz de Alain.

Ella se dio cuenta de que la mano que sostenía el teléfono empezaba a temblar. Cerró la puerta de la casa y caminó lentamente hacia el sofá.

—Soy yo —respondió, a pesar de que en aquel momento tenía serias dudas al respecto.

8

Dis, quand reviendras-tu?

Barbara

—¿Qué tal estás? —preguntó la voz cálida y sexy de Alain, modulada a conciencia para causar el mayor efecto posible en las mujeres.

—Estupendamente —respondió Silvia, con un timbre neutro.

—Creía que no ibas a coger el teléfono —dijo él con un tono mimoso y un poco victimista.

—Yo también. Es lo que debería haber hecho —aclaró ella.

—No seas tan dura… Todo esto es muy difícil para mí.

Silvia tragó saliva. Aquel era un argumento clásico en su asimétrica relación. Incluso cuando la situación era claramente menos ventajosa para Silvia, él se las apañaba para sacar a colación lo mal que se sentía, lo complejas y delicadas que eran sus circunstancias, y el heroico mérito que tenía seguir adelante con su amor prohibido.

De modo que no dijo nada y se hizo un silencio.

—He discutido con Giulia. Me dejé la nevera entornada durante la noche, y se ha puesto como si se hubieran abierto de par en par los pórticos del infierno y nos hubieran invadido los demonios. Me ha gritado durante veinte minutos solo por eso. Entonces me he calentado y me he puesto a reprocharle que ella también...

Silvia sintió un escalofrío helado. ¿Cuántas veces había tenido que aguantar que ese hombre le contara sus problemas con su esposa, manteniendo el tipo para mostrarse comprensiva y civilizada? ¿Cómo se atrevía a llamarla y hablarle de las mezquindades de su lamentable matrimonio después de haber roto la relación? Era el colmo del egoísmo.

—Oye, Alain, lo siento mucho, pero no tengo por qué escuchar tus problemas conyugales. Si necesitas terapia hay personas más adecuadas que yo.

Él se quedó callado al otro lado de la línea, como tanteando. Era la primera vez que ella le hablaba así.

—Silvia, me equivoqué al decirte que dejáramos de vernos. Te necesito, no sabes cuánto, más que nunca. Te has vuelto imprescindible en mi vida. Si no fuera por ti... si no fuera por ti, no sé lo que haría...

La emoción empapaba cada palabra, hasta el punto de que Silvia temió que fuera a echarse a llorar.

—No me dejes, Silvia, te lo suplico. No soy nada sin ti. Las cosas con Giulia cada vez están peor. El otro día no me atreví a dar el paso por miedo a su reacción, pero es solo cuestión de tiempo. No puedo imaginar mi vida sin ti, mi amor. Me conoces mejor que nadie, y aun así me quieres...

Las dulces palabras de Alain resbalaban sobre su piel como una sustancia pegajosa. Por supuesto que había deseado oírlas. Las había ansiado. Solo unas horas antes habría matado por escucharlas. Pero en aquel momento se le estaban atragantando. Y descubrió el motivo rápidamente.

—Ya no te creo, Alain. No confío en ti. Hace unos días me dices que todo había acabado entre tú y ella, después me pides que dejemos de vernos y ahora me llamas como si tal cosa. No puedes tratarme así.

Un nuevo silencio.

—Tienes razón, mi vida, tienes toda la razón. Pero comprende que no estoy bien. Nada de esto es fácil, hay demasiados factores que no dependen de mí... No quiero ser una mala persona con ella, tienes que entenderlo. Ponte en su lugar.

Sí, aquello era justo lo que Silvia necesitaba: ponerse en el lugar de otra a quien iban a dejar y mostrarse compasiva. Resultaría más fácil si a ella misma no la hubieran dejado pocos días antes sin que nadie se compadeciera por su situación.

Alain era muy perspicaz. Captó perfectamente el estado de ánimo de Silvia y estuvo hablando largo rato, tranquilizándola, haciéndola sentir segura. Sabía cuáles eran las teclas que tenía que pulsar, ya lo había hecho más veces, y siempre le había dado resultado. Era todo un experto.

—Todo tiene solución, preciosa mía, ya verás. Juntos podremos enfrentarnos a esto, como nos hemos enfrentado a todo. Estar juntos siempre nos ha hecho fuertes, y a partir de ahora esa fuerza será mayor que nunca. Te prometo que...

Poco a poco, bajo el arrullo de sus palabras, Silvia se fue ablandando. Se sumergió en la retórica de Alain como quien entra en un mar de olas templadas, a la romántica luz de la luna.

—… mi vida ha cambiado por completo desde que estás en ella, amor mío. Eres la luz de mi existencia. Contigo tengo ganas de convertirme en una persona mejor y dejar de vivir una mentira. Eres mi inspiración, mi musa…

Parecía que no fuese a callarse nunca, y lo cierto era que aquello podría ser lo que Silvia necesitaba para curarse de todas las heridas que él mismo le había causado.

—… pronto estaremos juntos y todo esto habrá merecido la pena. Dicen que cuando cuesta mucho conseguir algo ese logro se valora más y se disfruta con mayor intensidad…

Silvia se recostó en el sofá. Se le habían pasado las ganas de ir a correr. Se echó la manta por encima y dejó que aquella voz cálida la envolviera en su sustancia pegajosa. Las cosas habían vuelto a la normalidad, y eso era tranquilizador. Ya estaban otra vez como siempre. La familiaridad, la rutina, la sensación de estabilidad…

—¿Vas a venir? —le preguntó ella, titubeante.

—Hoy… hoy no va a poder ser, cariño, pero te prometo que te compensaré. La próxima vez que nos veamos será mágica. Te haré sentir tan querida que ya nunca volverás a dudar de mí… eres la persona más especial que he conocido. El verano que viene iremos a…

Sintió una fatiga tremenda, un fuerte deseo de dormir. Unas lágrimas automáticas, que no habían pasado por la cabeza ni por el corazón, empezaron a rodar por su rostro. No sabía si eran de alegría, de alivio o de tristeza. Ignoraba si eran por haber recuperado a Alain o por haberse perdido, del todo, a sí misma.

9

Existen muchas maneras de que te toque la lotería. Seguramente una de las mejores sea encontrar, antes de cumplir los veinte años, a la persona perfecta para ti. Hay gente con mucha suerte.

Aquello era lo que pensaba Silvia siempre que veía a André, el marido de Clothilde, que a veces iba a tomar café con ellas en la pausa de las diez y cuarto. André era el típico tímido patológico al que resultaba muy sencillo imaginar, torpe y desvalido, en sus traumáticos días de instituto. En la universidad había tenido la extraordinaria fortuna de que aquella chica maravillosa se fijara en él y le enseñara a manejarse en la vida sin ahogarse en un vaso de agua. Gracias a la confianza y las habilidades sociales que le proporcionó Clothilde, André consiguió enfrentarse a situaciones que para él habrían sido insuperables, y llegó a convertirse en profesor de universidad. Él era consciente de la importancia que había tenido en su vida contar con una aliada tan valiosa y, después de más de veinte años de casados, cada vez que posaba sus ojos sobre Clothilde se le iluminaba la mirada.

De vez en cuando, Silvia trataba de imaginarse cómo habría sido su vida si hubiera contado desde tan joven con una persona que la apoyara incondicionalmente, que la hiciera sentirse querida todos y cada uno de los días. No era capaz de intuir siquiera cómo debían de sentirse las personas que tenían una certeza plena acerca de su pareja, una comunicación sin fisuras, una confianza a prueba de todo. Le parecía de ciencia ficción, una cosa tan imposible que solo podía sucederles a otros.

—No entiendo cuáles son las ventajas de este nuevo diseño de argolla en las chapas de cerveza —decía André, abstraído en la contemplación de su taza—. Creo que dificultan el almacenaje y el transporte porque son más frágiles...

Clothilde y él se enfrascaron en una fascinante conversación acerca de la historia del sellado de botellas y latas en la que Silvia no fue capaz de entrar. Tenía la cabeza en otras cosas. Pensaba que André era una persona muy diferente de lo que podría haber sido. Parecía condenado a ser un tipo triste y solitario pero le tocó la lotería. Era extremadamente afortunado por no haber vivido la amargura de los años de soledad a los que estaba abocado debido a su carácter inseguro y por no haber sufrido las deformaciones que esta causa en el cuerpo y en el alma a las personas frágiles. Silvia sacudió la cabeza para ahuyentar esos pensamientos mezquinos.

Ya de vuelta en la oficina, Silvia vio que un hombre de cabello oscuro y largo, recogido en una coleta, cejas espesas y ojos profundamente negros entraba en el despacho de su jefe. Este cerró la puerta, lo que la extrañó, puesto que seguir controlando todo lo que sucedía en la oficina mientras estaba reunido era una marca de la casa de monsieur Lestaing.

—¿Quién es ese? —preguntó en voz baja. Aunque tuviera la puerta cerrada, su jefe tenía oídos por todas partes.

—Es la segunda vez que viene —susurró Mathilde, la compañera que se sentaba a su lado—. La otra vez también cerró la puerta y estuvieron así más de una hora.

Las dos intercambiaron una mirada de sospecha.

—Es atractivo, ¿verdad? —dijo su compañera, como si eso añadiera intriga al asunto.

Silvia se sorprendió al oír aquel comentario. Mathilde era una chica joven, muy guapa, con una melena rubia a lo Marilyn y una sonrisa contagiosa que volvía locos a los hombres, de los que ella solía pasar olímpicamente. No era dada a hacer comentarios sobre el físico de ninguno, y Silvia ni siquiera sabía cuál era el actor de cine que le parecía más sexy.

Lo cierto era que el recién llegado llamaba la atención, eso no se podía negar. Había algo en su porte, en su determinación, en su mirada directa y decidida, que daba la impresión de que no le importaba en absoluto lo que pensaran de él. Y era posible imaginárselo igual de cómodo en una oficina que en un garito de mala muerte entre gente de mala vida. Parecía un rebelde adaptado.

Llegó la hora de comer y el hombre misterioso seguía sin salir del despacho de monsieur Lestaing. Clothilde fue a buscar a Silvia y a Mathilde para comer juntas, y fueron al cuarto del microondas para calentarse los táperes. Coincidieron allí con Sabrine, la secretaria del jefe.

—Oye, Sabrine, ¿con quién está reunido el jefe? ¿Se puede entrar en su despacho? —Clothilde improvisó una excusa—. Tengo que entregarle un memorándum urgente.

—Lo siento, pero ha dado instrucciones de que nadie le moleste mientras esté reunido con monsieur Thanos.

Silvia y Mathilde se lanzaron una mirada. De modo que ese era el nombre del enigmático desconocido...

Clothilde, sin demasiada sutileza, tendió una pequeña trampa a Sabrine.

—Seguramente no te haya contado para qué viene, ¿verdad?

—Por supuesto que sí —resopló Sabrine, molesta. Siempre presumía de estar al corriente de los más mínimos detalles de la agenda y de la vida de monsieur Lestaing—. Monsieur Thanos es griego y trabaja para... una empresa muy prestigiosa.

Por la manera en que lo dijo todas se dieron cuenta de que no era verdad que supiera a qué se dedicaban ni la «prestigiosa» empresa ni monsieur Thanos. Ni siquiera su secretaria de toda la vida tenía idea de lo que hacía aquel hombre misterioso en el despacho del jefe.

Cuando Sabrine se fue, Clothilde, Silvia y Mathilde se quedaron en silencio.

—¿Creéis que hay algo de cierto en eso de que va a vender la empresa? —susurró Mathilde.

El comportamiento del jefe tenía a todo el mundo

alterado. Las tres habían oído aquel rumor. A Silvia se le hizo un nudo en la garganta al pensar que podría quedarse sin trabajo. Eso sí que significaría una separación definitiva de Alain.

—Es pronto para saberlo —aseguró Clothilde, decidida. Era la que mejor conocía a monsieur Lestaing y la que más preocupada estaba por el cambio de su conducta—. Nos faltan datos. Pero daría cualquier cosa por saber más.

Mathilde levantó una ceja con actitud de conspiración.

—¿Cualquier cosa?

Silvia y Clothilde la observaron con curiosidad. Mathilde tecleó algo en su móvil y se lo enseñó primero a una y luego a la otra con mucho secretismo.

¿Y si contratáramos a un detective?

Al leerlo, Clothilde soltó una carcajada.

—Lees demasiadas novelas. Y todas del mismo género, me temo.

—Ese género no tiene nada de malo —aportó Silvia, un poco a la defensiva porque también le encantaban los libros de intriga. Ella y Mathilde se prestaban novelas policíacas con frecuencia y les gustaba comentarlas.

—Lo digo en serio —susurró Mathilde—. Toda la empresa está en tensión. Si monsieur Lestaing tiene algún tipo de problema, ¿por qué no lo ha contado en el comité de empresa?

—A mí no me parece una idea tan tonta —añadió, también en voz baja, Silvia—. Si es algo que nos va a perjudicar como empleadas, cuanto antes lo sepamos mejor. Y si podemos ayudar al jefe porque se ha visto envuelto en algún chantaje o algo desagradable, a lo mejor hasta le viene bien.

Clothilde sacudió la cabeza con energía de izquierda a derecha.

—Chicas, os confieso que no me gusta nada la idea. Habría que informarse de las posibles repercusiones legales. No sé si tenemos derecho a hacer algo así, pero comprendo vuestro punto de vista y es verdad que esto está pasando de castaño oscuro.

Mathilde dio unas palmaditas y sonrió de oreja a oreja.

—¡Genial! ¡Qué emocionante! Llevo toda la vida deseando hacer esa llamada y conocer a un verdadero…

—¡Chiss! —la interrumpió Silvia, ya que Mathilde había levantado la voz llevada por el entusiasmo.

Clothilde suspiró.

—No te emociones aún, tengo que pensarlo. Pero sí, hablaré con un abogado. Solo para informarme.

10

Parlez-moi d'amour
Lucienne Boyer

Silvia se pasó la media hora que duraba el trayecto de metro entre el laboratorio y su casa pensando en quitarse los zapatos, envolverse en su bata de felpa extracálida, descongelarse una sopa y acurrucarse en el sofá con un buen libro. Necesitaba descansar. El vapuleo emocional de los últimos días la tenía agotada.

Al entrar en el edificio vio a la portera, madame Bayazeed, mantener una conversación con un joven que estaba acodado en su garita. La presumida argelina debía de tener casi setenta años, pero ni un solo día dejaba de pintarse la raya del ojo con kohl auténtico y de perfilarse los labios en rosa coral. Le encantaba darles palique a los hombres de buen ver, sobre todo si eran jóvenes.

—¿Y a qué hora recoge usted la basura? —le preguntaba el chico.

—Todos los días exactamente a las ocho y media —respondió madame Bayazeed, con voz coqueta.

Al pasar por la garita, Silvia saludó y el muchacho se

dio la vuelta para ver quién era. Cuando la vio pareció sorprenderse.

—Esta es mademoiselle Patiño, de la que hablábamos antes —le dijo la portera a su joven amigo, sin el menor disimulo—. ¿Qué tal en la oficina, Silvia?

—La verdad es que estoy un poco cansada. Los lunes acaban con cualquiera, ¿verdad?

—Así es, así es. Completamente cierto —dijo ella, y retomó enseguida la conversación con su tierno efebo.

Al despedirse de ellos, Silvia tuvo la sensación de que el chico la observaba con cierto nerviosismo. Mientras subía las escaleras (por muy cansada que estuviera siempre se obligaba a prescindir del ascensor para mantener los muslos firmes) pensaba que resultaba curioso que un chico estuviera tan interesado por las rutinas cotidianas de madame Bayazeed. Quizá quería conseguir su puesto cuando ella se jubilara, cosa que debería haber sucedido al menos hacía cinco años. Y con lo testaruda y mandona que era la señora, era muy posible que la tuvieran allí como mínimo otros diez. Los esfuerzos del joven usurpador seguramente fueran en vano.

Quitarse los zapatos y cambiarse de ropa le produjo un placer exquisito. Escogió una crema de calabaza y la calentó en el microondas, y por fin se tumbó en el sofá para releer un libro de Wodehouse, una de esas novelas de humor que conseguían hacer que se olvidara de todo. No había llegado ni a la mitad del segundo capítulo cuando llamaron al timbre.

Supo que se trataba de Alain. Era muy típico de él darle «sorpresas» que a menudo le trastocaban los planes. Pero jamás se había atrevido a rechazar ninguna de esas propuestas, porque la adicción a pasar tiempo con él era más fuerte que cualquiera de sus planes. Por un momento tuvo la tentación de no abrirle, de pagarle con la misma incertidumbre que él le había servido en grandes cantidades a lo largo de los años.

Se acercó a la puerta de puntillas para no hacer ruido y pegó el ojo a la mirilla. Efectivamente, era él. Estaba consultando su móvil mientras esperaba a que le abriera. A su pesar, a pesar de todo, una oleada de ternura la invadió nada más verlo. Lo había echado tanto de menos...

Se preguntó si sería capaz de no abrir esa puerta. Simplemente, como un juego mental, se dijo: «Si alguien viniera a darme un millón de euros a cambio de dejarle en la calle y no hablar con él, ¿lo aceptaría?». No se trataba de una pregunta fácil.

Entonces la puerta se abrió sola.

—Estás preciosa —le dijo Alain.

Ella no respondió. Se limitó a regresar al sofá y a observarle desde allí. Él cerró la puerta, se quitó la chaqueta, la colgó en el perchero y luego fue a explorar la nevera como si estuviera en su casa.

—¿No tienes cerveza? —preguntó, extrañado. Solía encontrar su marca preferida nada más abrir.

—¿Por qué iba a tenerla? —repuso ella con cierta dureza—. Yo no la bebo.

Alain, con una sonrisa condescendiente y paternalista, se sirvió una ginebra con zumo de naranja y se sentó a su lado. Antes de hablar, la miró fijamente y le acarició la cara. Sabía que de aquel modo maximizaba el efecto de sus palabras.

—No sigas enfadada. No merece la pena. La vida es demasiado corta.

Silvia se secó rápidamente una lágrima furtiva.

—Anda, ven aquí —dijo mientras la atraía hacia él con un abrazo.

La besó. La cantidad de emociones intensas que sintió con el mero roce de sus labios estuvo a punto de desbordarla. Se había acostumbrado a echar tanto de menos esa boca durante los largos períodos en los que, por prudencia, habían tenido que verse poco, se la había imaginado de tantas formas posibles en su ausencia, que se había convertido en una necesidad para ella. Alain era, sin discusión posible, el hombre que mejor besaba de todos los que había probado.

Tras ese beso prolongado y perfecto, que seguramente causó en su cerebro el mismo efecto que una copa bien cargada, un beso que batía récords, que hacía historia, que debería haber podido conservarse para siempre en los anales de los grandes besos de todos los tiempos, Alain le susurró al oído:

—Vamos a salir. A un buen restaurante, ya he hecho la reserva. Quiero que todo el mundo me vea contigo.

Silvia lo miró a los ojos intentando averiguar si hablaba en serio o se trataba de otra de sus jugadas. A lo largo de los años habían salido a cenar en contadas ocasiones, siempre en las afueras, ya que él no deseaba arriesgarse a que algún amigo o familiar lo viera cenando con una mujer que no era la suya.

—¿De verdad has hecho una reserva? —le preguntó.

Él se echó a reír.

—No. Me has pillado. Ya sabes que la previsión no es lo mío. Pero quiero que salgamos juntos. No tenemos nada que ocultar.

—Pero no voy vestida para salir…

—¡Pues vístete!

Y sin darle tiempo a objetar nada más, Alain hizo que Silvia se cambiara y la llevó a cenar fuera.

11

Maladie d'amour
Henri Salvador

Cuando regresaron a casa, ella estaba en un estado de felicidad que le impedía quitarse la sonrisa de la cara. El culpable no solo era el champán que había bebido durante la cena, sino la libertad que había experimentado al poder ir de la mano con Alain por la calle, recibir sus besos y sus abrazos, e incluso las caricias por debajo de la mesa.

El restaurante al que habían ido no era exactamente «bueno», como él había prometido, pero a ella eso le daba igual. Habían tomado una tabla de quesos y patés en un pequeño bistró del barrio, sentados en sillas diminutas frente a mantelitos de papel y botellas recicladas a modo de floreros. Pero las velas daban el toque romántico, y de fondo sonaba Édith Piaf.

La incredulidad por el hecho de mostrarse abiertamente junto a alguien que siempre había sido un secreto había dado paso a una sensación deliciosa. Durante años, todo el mundo le decía que él no iba a cambiar, que no *podía* cambiar. Sin embargo, ¿qué prueba podía ser más significativa, más cargada de promesas, que esa? Silvia no quería que Alain cambiara más, sino que se comportara exactamente como lo había hecho aquella noche.

En cuanto entraron en el apartamento, él le arrancó la gabardina y la tumbó sobre el sofá.

—Llevo toda la cena deseando devorarte —le susurró al oído mientras ceñía sus muñecas.

Silvia sintió que su cuerpo respondía liberando una cálida humedad.

—Voy a recorrerte como si fuera un peregrino buscando su templo —siguió murmurando él—. Voy a besar cada baldosa, cada piedra, y voy a volver a ganarme el favor de mi diosa a base de devoción.

Silvia resopló tras un intento por encontrar ridículas aquellas palabras. Si las hubiera pronunciado cualquier otro le habrían resultado absurdas. Sin embargo, para Alain no había nada más importante ni más elevado que la espiritualidad. Y las decía tan en serio que ella hizo un esfuerzo, una vez más, por buscarles sentido.

—Eres mi diosa y no voy a perderte. Esta noche me entregaré a ti como ofrenda, y arderemos juntos como una sola llama.

Sus expertos dedos encontraron el camino para colarse bajo la falda y en pocos segundos Silvia estaba gimiendo como un animal, tras haber perdido por completo la capacidad de raciocinio.

Alain la fue desvistiendo sin dejar de acariciarla, como si tuviera más de dos manos. Le gustaba hacer el amor en lugares que no fuesen la cama, y le excitaba dejarle puestas algunas prendas para jugar con ellas o utilizarlas como agarraderas.

Con un gesto firme, le dio la vuelta y empezó a mordisquear vorazmente su espalda. Silvia comprendió que deseaba marcarla y se preguntó si ella alguna vez podría hacer lo mismo, ya que dejar huellas en su cuerpo era algo que él le había prohibido siempre. Pero toda esa tensión, esa mala conciencia, ya se había terminado. Por fin podía darse permiso para ser feliz.

Entre risas, él volvió a girarla y la levantó en brazos. Ella se dejó hacer, acurrucada como un pájaro en el regazo de Alain. No sabía adónde querría llevarla. ¿Lo harían sobre la mesa de la cocina? ¿En la alfombra del salón?

Para su sorpresa, él la llevó a la cama. Y cuando la hubo depositado entre las sábanas y cubierto de besos se levantó para ir a buscar su maletín, del que extrajo varias velas.

—Hoy será nuestra primera noche —dijo mientras las prendía.

Ella se incorporó con la mirada brillante y las mejillas arreboladas, sin saber a qué se refería con esas palabras.

Alain volvió a la cama tras encender una docena de velas aromáticas y posó sus cálidas manos sobre las costillas desnudas de Silvia, rozando apenas sus pechos. Durante un instante permaneció inmóvil, con los ojos cerrados, respirando despacio. Ella suspiró, profundamente excitada por aquella caricia firme.

El sexo con Alain siempre había tenido dos caras: la pasional y la mística. Él era capaz de pasar de ser una fiera a un monje tántrico en solo unos minutos, respondiendo a los deseos de ella, y esa habilidad la hacía enloquecer de pasión.

Alain se inclinó sobre ella, mirándola a los ojos, y la besó como si fueran dos desconocidos. Después de dejarla sin aliento, continuó mordisqueándole el cuello y deslizó la lengua entre sus pechos. Bajó hasta el ombligo y por fin le acarició suavemente el sexo, tan solo con los labios, ejerciendo la presión y el movimiento perfectos.

Ella suspiró, sabedora del placer que él era capaz de proporcionarle con la boca. Se rindió en aquel momento, olvidando sus aprensiones, sus miedos, el rencor hacia él. Se redujo a sí misma a ser solo cuerpo, solo presente. Cuando las piernas de Silvia temblaron, al borde del orgasmo, él se detuvo. Entonces, mirándola de nuevo a los ojos, la penetró con exasperante lentitud. Ella gimió al sentirle completamente dentro, al saberse completamente llena.

—Esta noche no me iré —le prometió él.

Silvia hizo un tremendo esfuerzo por contener las lágrimas, por no enternecerse, por no emocionarse. ¿Qué significaban exactamente aquellas palabras? Pero no tuvo ocasión de preguntarlo. Las embestidas de Alain le robaron la capacidad de articular nada que no fuera un prolongado gemido.

12

Quand tu dors près de moi
YVES MONTAND

Al despertar, Alain aún estaba allí.

Aquello era lo más parecido a un milagro. Era la primera vez que él se quedaba una noche entera, que seguía estando a su lado al salir el sol.

Silvia tenía un despertador interior que solía sacarla de los sueños poco antes de la hora de levantarse. Miró el reloj y vio que faltaban ocho minutos para que sonara. Se sentía completamente despejada a pesar de la borrachera emocional de la noche anterior. Lo apagó para que no fuera el aparato el que despertara a Alain, sino sus besos y caricias.

Pero antes de hacerlo, se detuvo a observarlo.

La débil luz grisácea que entraba por la ventana, tamizada por las cortinas de gasa, iluminaba la piel de su amante, su perfil anguloso, sus rasgos relajados, sus labios perfectos, su cabello desordenado por el placer.

Llevaban años manteniendo una relación que había sobrevivido a innumerables obstáculos. Cada diminuto logro había sido tan importante para ella que se le había quedado grabado en la memoria. Repasó mentalmente la lista de todas las «primeras veces» de su historia con él: la primera vez que se quedó abrazándola en lugar de irse nada más hacer el amor, la primera vez que admitió que además de protegerla a ella se estaba protegiendo él, y que por tanto sentía cosas además de tener deseo sexual, la primera vez que hicieron un viaje juntos, la primera vez que usó la primera persona del plural, la primera vez que le vio llorar...

Cada uno de esos momentos había supuesto un pequeño hito, algo que había alimentado su esperanza, que le había dado a entender (como después quedó confirmado) que él se estaba haciendo el duro y que en realidad sus emociones eran tan intensas hacia ella como las de ella hacia él. Esas «primeras veces» le habían dado la fuerza necesaria para continuar, y cada una había sido una pequeña, minúscula, victoria. Su progresión escalada la había animado a no rendirse.

Todos los detalles del tremendo encuentro sexual de unas horas antes se dibujaron en su cabeza con una nitidez casi dolorosa. Había algo terrible en lo efímero del acto sexual: nunca podría revivir aquellos momentos. No existía manera humana de conservarlos más allá de la memoria, de la obsesión por grabar cada instante en la mente.

Pasó la mano por el vientre de Alain y el calor que percibió, la vibración que irradiaba, le hicieron comprender que no estaba, precisamente, en estado de reposo.

Silvia aún no estaba segura de ser la pareja de aquel hombre, y sin embargo quiso comportarse como había planeado hacerlo cuando eso sucediera. Había imaginado muchas veces cómo sería la primera mañana que pasaran juntos. Aquella no era la situación ideal, ya que tendría que irse a trabajar en poco más de una hora, pero ¿por qué no desenvolverse como si lo fuera? Besó el ombligo de Alain y después siguió descendiendo. Él empezó a gruñir de placer incluso antes de despertarse del todo.

Cuarenta minutos más tarde, Silvia ya estaba duchada y vestida, y exprimía naranjas en la cocina. Aquel desayuno tenía que ser el broche de oro para una noche perfecta. Preparó tostadas de pan de semillas, sacó un bote de mermelada inglesa reservado para una ocasión especial, e incluso improvisó un par de cruasanes con masa de hojaldre congelada, proeza de la que se sintió muy orgullosa.

Mientras tomaban aquel desayuno, y al ver que Alain estaba de un humor excelente tras su regalo de buena mañana, se atrevió a preguntarle, con tono casual, cuáles eran sus planes.

—¿A qué te refieres? —preguntó él, con cara de inocente.

Silvia suspiró. Habría preferido no tener que preguntarlo. No le habría querido menos si le hubiera puesto las cosas fáciles por una vez.

—¿Has venido para quedarte? —susurró, con la voz algo temblorosa.

Alain se levantó de la mesa y le dio un beso en la frente.

—Ay, mi palomita, qué impaciente eres. Te mueres de ganas por encerrarme en tu jaula de oro, ¿verdad?

Ella contó hasta treinta para evitar que le hirviera la sangre ante una réplica tan injusta y cruel.

—Le he dicho a Giulia que estoy pasando una crisis y que necesito estar más tiempo a solas. Ella cree que he dormido esta noche en un hotel. Es el paso previo a la ruptura. Ya falta poco, mi amor.

Silvia agachó la cabeza, sintiéndose imbécil por haber preguntado.

Alain dejó el cruasán a medias pretextando que estaba a dieta y a la vez que cogía la chaqueta anunció que tenía bastante prisa. Ella le dijo que si la esperaba cinco minutos podían bajar juntos y caminar hasta el metro, pero él prefirió no hacerlo.

—Ahora Giulia está alerta. Cuanto menos aparezcamos juntos en público, mejor.

Ella sonrió, tratando de poner buena cara, y se tragó la amargura con un sorbo de zumo de naranja.

—Voy a hacer las cosas bien, es lo mejor para todos. No olvides ni por un instante que eres la persona más importante de mi vida, ¿de acuerdo?

Un minuto más tarde, él ya no estaba allí pero sus palabras seguían flotando en el aire. Y esta vez la sonrisa de Silvia fue genuina.

13

Je ne sais pas, je ne sais plus
Mireille Mathieu

Llegó al trabajo de un humor excelente. En el ascensor coincidió con el misterioso monsieur Thanos, que le dio un repaso discreto y respetuoso, de abajo arriba y de arriba abajo. En otras condiciones, o si se hubiera tratado de otro hombre, quizá le habría incomodado, pero había algo en la franqueza de sus ojos negros que hacía que no percibiera nada sucio en su mirada.

Silvia decidió tomárselo como un piropo: resultaba evidente que la sesión de sexo matutino era un eficaz tratamiento de belleza. Una vez más, Alain había conseguido sacar lo mejor de ella. Aún flotaban en su cabeza los deliciosos recuerdos de sus besos y sus abrazos, tan recientes y cálidos; y la manera que había tenido él de hacerla sentir la mujer más deseada del mundo.

Lo primero que vio al salir del ascensor fue la gabardina de película de espías con la que había ido a trabajar Mathilde.

—Te lo estás tomando muy en serio, ¿no? —bromeó con ella.

—Y no veas la de cosas que llevo en los bolsillos —le confió la rubia—. Un kit para sacar huellas dactilares, una grabadora tamaño mini...

—Y una lupa, ¿no?

—Elemental, querida Silvia —respondió Mathilde, guiñándole un ojo.

Clothilde corrió hacia ellas junto con su amiga Brunhilde, una secretaria de unos cincuenta años, de pelo muy rizado, bonachona y regordeta, que siempre vestía prendas de punto hechas por ella misma.

—¡Mirad, ahí está otra vez! —susurró Clothilde señalando al griego, que acababa de entrar en el despacho de monsieur Lestaing.

—Es de lo más mosqueante —aseguró Brunhilde—. Tenemos que descubrir qué demonios pasa. Llevamos meses oyendo rumores acerca de la posible disolución de la empresa cuando se jubile el jefe. Esto tiene toda la pinta de estar relacionado.

Entonces Clothilde miró hacia un lado y hacia otro, con expresión de conspiradora.

—Os tengo que enseñar una cosa que descubrí ayer, chicas.

Las cuatro se arremolinaron alrededor de la mesa y Clothilde sacó de su bolso una revista del corazón. La abrió por una página que había marcado con un clip metálico y señaló una fotografía pequeña en la esquina.

—Pero ¡si es el griego! —exclamó Mathilde.

—¡No lo digas tan fuerte! —chistó Clothilde.

—No cabe duda de que es él —susurró Silvia.

Efectivamente, se trataba del mismo hombre. En la

fotografía en cuestión, tomada en una fiesta de la alta sociedad, el griego salía de refilón junto al empresario de la famosa actriz cómica Paulette Lamie.

Aquella mujer era uno de los grandes amores de toda Francia. Había empezado su carrera haciendo un descocado cabaret humorístico en los años setenta, para después convertirse en la presentadora del programa de entrevistas más divertido y crítico del país. Por su plató habían pasado presidentes, actores de Hollywood e incluso el Papa. A pesar de su éxito como presentadora de afilado pero cariñoso ingenio, nunca había abandonado su vocación teatral, y cada mes de junio el programa se suspendía mientras ella regresaba a los escenarios para representar todo tipo de comedias, de Molière a Yasmina Reza pasando por Ionesco.

Para Silvia se trataba de un personaje entrañable y muy querido, que la había hecho reír a carcajadas con sus imitaciones y chistes improvisados. Era curioso pensar que una persona tan familiar y admirable tuviera algún tipo de vínculo con el griego misterioso.

—Para que luego digan que ir a la peluquería no sirve para nada. Buen trabajo, Clo —masculló Brunhilde con su dulce voz de abuelilla.

Un compañero de trabajo apareció por el pasillo y Clothilde se apresuró a esconder la revista.

—Este asunto me está poniendo muy nerviosa —susurró Mathilde—. Es como si nuestro futuro estuviera en manos de alguien de quien no sabemos nada.

—Bueno, ahora sabemos que se codea con los famosos —añadió Silvia.

—Seguro que para nada bueno —gruñó Clothilde—. Ya sabéis los rumores que corren acerca del empresario de Paulette…

Pero sus compañeras no estaban al tanto, porque no eran tan aficionadas a las revistas como la experta Clothilde. De modo que esta emitió un suspiro, como reprochándoles sutilmente su ignorancia, y les comunicó con voz de enteradilla:

—Paulette, que es una mujer muy ingeniosa pero que no tiene el don de escoger a los hombres adecuados, tuvo un *affaire* con el empresario en los ochenta. El asunto fue bastante sonado, ya que él le puso los cuernos con unas gemelas rusas en la azotea de un hotel; les sacaron fotos y todo el mundo se enteró. El caso es que Paulette, aunque no siguió con él, sí que lo mantuvo como empresario. De ahí su famosa frase: «Confío más en alguien que ya me ha traicionado que en alguien cuyos vicios no conozco».

Silvia y Mathilde se miraron, impresionadas.

—Todo un carácter, la tal Paulette —comentó esta última.

—Lo ha demostrado en muchas ocasiones. La cuestión es que hace unos años se descubrió que el empresario había estado haciendo negocios raros e inversiones no del todo legales con el dinero de la artista. Paulette dice que no sabía nada, pero la que está en juicios y puede ir a la cárcel es ella, que firmó todos los papeles.

—Vaya —exclamó Silvia.

—Creo que deberíamos seguir hablando de esto en un lugar más… resguardado —dijo Clothilde.

Silvia y Mathilde asintieron en silencio.

Brunhilde las miró con asombro.

—¿*Tan* importante es el cotilleo ese?

Unos minutos más tarde estaban sentadas en un diminuto bistró famoso por la mala calidad de su comida y su falta de higiene en general. A nadie se le pasaba por la cabeza almorzar allí, ni siquiera tomar un café a toda prisa.

—Creía que odiabais este sitio —susurró Brunhilde, algo despistada.

—Hemos venido aquí para hablar confidencialmente —le explicó Silvia.

—De modo que este griego está relacionado con gente que tiene negocios sucios e ilegales —resumió Clothilde—. Seguro que es una especie de empresario del hampa que tienta a la gente para que se pase al lado oscuro de la economía.

—Menudo rodeo para decir «gánster» —puntualizó Silvia.

—Estamos perdidas —suspiró Brunhilde, a la que le aterraba la posibilidad de perder su empleo.

—No si podemos evitarlo —dijo Mathilde poniendo su mejor cara de conspiradora.

—¿Cómo? —preguntó Brunhilde, que no había estado presente cuando Mathilde propuso la idea del detective y que además era algo dura de oído.

—La información es poder, ¿verdad? —explicó Mathilde—. Pues consigamos un poco de ambos. Creo que deberíamos llamar a un investigador privado.

—¿Nosotras? —exclamó Brunhilde sorprendida—. ¿Como en las películas?

—¿Por qué te crees que ha venido con gabardina? —bromeó Silvia, señalando a Mathilde—. Llevamos unos días pensándolo. Parece que no queda más remedio.

—¿Hablaste con el abogado? —le preguntó Mathilde a Clothilde.

—Sí. Por lo visto es una actuación legítima —aclaró esta—. Tenemos derecho a saber qué está pasando con esta empresa, a la que hemos dedicado los mejores años de nuestra vida. Una vez dispongamos de la información podremos actuar en consecuencia, y transmitírsela al consejo de administración si fuera necesario.

Brunhilde frunció el ceño.

—Me parece un poco excesivo —confesó—. Es una muestra de desconfianza hacia alguien que siempre nos ha tratado bien.

—Por supuesto que monsieur Lestaing ha sido un buen jefe; nadie lo sabe mejor que yo, que soy la empleada más antigua de la empresa —dijo Clothilde.

Brunhilde observó a su amiga con una mirada cargada de significado que Silvia no supo interpretar.

—Pero cuando la gente se hace mayor —siguió Clothilde—, la cabeza les empieza a funcionar de manera diferente. Pueden dejar de ser ellos mismos. Se radicalizan, se vuelven antisociales, les entra el miedo a la muerte o se quedan gagás... no hay más que ver a mi suegra.

—Vamos, que no te ha contado nada y te has puesto de los nervios —resumió Brunhilde—. Pero, la verdad, no sé si hay motivos suficientes para tomar una medida tan extrema.

Regresaron a la oficina, y justo en ese momento se

abrió la puerta del despacho de monsieur Lestaing. Las cuatro salieron disparadas cada una hacia su mesa.

Cinco minutos después, el griego se había ido y la puerta de jefe, contrariamente a su costumbre, se había cerrado de nuevo. Su secretaria, Sabrine, tenía una expresión inconfundible de desconcierto.

—Lo habéis visto, ¿verdad? Antes, cuando ha entrado, no llevaba nada —susurró Mathilde, con tono triunfal.

Las demás asintieron. Todas lo habían visto. Al salir del despacho de monsieur Lestaing, el griego llevaba un maletín negro de piel, igual que esos que se ven en las películas y después resulta que están llenos de billetes sin marcar. Y lo llevaba discretamente esposado a su muñeca.

Brunhilde tragó saliva.

—Creo que tenéis razón, chicas. Contad conmigo.

14

Et vous n'écoutez pas
Salvatore Adamo

Al salir del trabajo, aún nerviosa por las recientes reve-laciones y por la decisión de contratar entre las cuatro compañeras a un detective que espiara a monsieur Les-taing, Silvia fue a buscar a Isabel; era directiva de las fa-mosas Galeries Lafayette y trabajaba muy cerca de la sede principal, en el boulevard Haussmann. Silvia volvió a quedarse boquiabierta al ver la espléndida vidriera de los grandes almacenes. No importaba cuántas veces la hubiera contemplado: una no se acostumbra a tanta be-lleza.

Allí se sentía como en casa. Era un lugar en el que se encontraba a gusto, en el que nada malo podría suceder nunca, como decía Audrey Hepburn acerca de una fa-mosa joyería en *Desayuno con diamantes*.

Isabel tenía acceso a un montón de chollos y descuen-tos que no dudaba en compartir con Silvia, ya que ella apenas les sacaba partido. «Quédate con esto, que yo ya tengo dos», decía. O: «Me regalan tantas botellas de champán que no sé qué hacer con ellas». A veces se sentía mal por recibir tantos regalos y procuraba corresponder en la medida de sus posibilidades.

Aún no sabía si se atrevería a confesarle a su amiga que había vuelto a ver a Alain, y que seguramente siguiera haciéndolo. Pero, en un intento de equilibrar la balanza, pasó por una librería y le compró a Isolde una nueva edición de *El príncipe feliz*. Los dibujos no eran tan hermosos como los del antiguo ejemplar que seguía en poder de Alain, pero tenían otra forma de belleza. Y la historia era la historia.

Isabel la recibió con un fuerte abrazo.

—Temía que no fueras a venir. Como te pones tan esquiva cuando estás deprimida…

Era cierto que Silvia desaparecía cuando estaba mal. No era algo de lo que se enorgulleciera… De hecho, hacía que se sintiera culpable, lo cual contribuía a reforzar el círculo vicioso de su estado depresivo y asocial. Con solo oírselo mencionar a Isabel, debió de poner tal cara de desamparo que su amiga se echó a reír y la empujó hacia el interior del taxi.

Isabel solía ir en taxi a todas partes. Silvia solo los pisaba cuando estaba con ella. Recorrieron las calles volando. La ciudad parecía aún más espléndida y opulenta al ser contemplada a través de las ventanas tintadas de un vehículo con chófer.

Cuando llegaron a casa de Isabel, Isolde las recibió con un fuerte abrazo.

—Ponte cómoda —le dijo Isabel a Silvia—. Le he dicho a Aurélie que prepare *risotto*.

Silvia se estremeció. Se alegraba de que su amiga no se

hubiera dado cuenta, pero hacía años que evitaba todo lo que tuviera que ver con Italia debido a la fobia que le producía la idea de que Alain estuviera casado. La nacionalidad de su esposa se había llevado, simbólicamente, la peor parte, y cada vez que en su vida se cruzaba algún elemento relacionado con el luminoso país de Leonardo da Vinci a Silvia le recorría un escalofrío.

—Estupendo, me encanta —fueron las palabras que salieron por su boca.

Todo aquello la hacía sentirse estúpida. Su relación con Alain contaminaba su vida. No había prácticamente nada que no pasara por ese filtro, que no mirara con los ojos de la enamorada neurótica y obsesiva que era, pensando en si aquello le gustaría o no a su adorado Alain. El mundo entero se había transformado en el mapa, a escala 1:1, de su estrategia para conseguir a ese hombre que no deseaba ser conseguido.

Sacudió la cabeza. Tenía que eliminar los pensamientos obsesivos, disfrutar de la vida. Le entregó el libro a Isolde, que se lo agradeció sin aspavientos pero con un beso tan sincero que emocionó a Silvia. Y se sentaron a la mesa.

El año anterior, en uno de los malos momentos, Silvia había hecho una lista con todas las cosas negativas y las positivas que la relación con Alain aportaba a su vida. Se había tomado su tiempo, concienzudamente, sin dejarse nada en el tintero. Al acabar, la columna de los «pros» tenía una docena de elementos y la de los «contras», exactamente cuarenta y dos. Aun así, en cuanto él volvió a llamarla, cayó de nuevo en sus redes como una polilla en una lámpara de camping. Todavía conservaba la lista.

—Ya estás distraída otra vez —le reprochó Isabel con una sonrisa—. Deja de pensar en ese tío. Cuántas veces lo habéis dejado, ¿cinco? Y tras cada una de ellas estás peor.

Silvia sonrió disimuladamente. Ojalá hubieran sido solo cinco las veces que Alain le había pedido que dejaran de verse, o las que ella se había hartado de las condiciones asimétricas y abusivas que este le imponía. En realidad habían sido por lo menos el triple, y había ocultado la mayoría a todas sus amigas. La vida de los que ocultan cosas se vuelve cada vez más solitaria.

—Tienes el típico síndrome de montaña rusa —dijo, no por primera vez, Isabel—. Pasas mucho tiempo sin verle, echándole de menos e idealizándole, y por eso los dos segundos que estáis juntos te parecen maravillosos. Tu cerebro exagera la recompensa a causa del contraste entre noventa y nueve malos momentos y uno bueno. Ese único instante, por comparación, te parece tan brillante como el sol. Pero lo cierto es que no compensa. Es un segundo demasiado caro, y en realidad ni siquiera es tan bueno como lo percibes.

Silvia señaló con la cabeza a Isolde, como diciendo: «Quizá esta no sea la mejor conversación para mantener delante de la niña». Pero su amiga, que era una madre moderna, desdeñó su preocupación con un gesto de la mano.

—Isolde siempre está presente en las conversaciones de los mayores, ¿verdad, cariño? Yo no tengo ningún secreto para ella.

Isolde sonrió débilmente. Silvia se dio cuenta de que apenas estaba comiendo. Se había limitado a remover el arroz para cambiar de sitio los granos y que parecieran menos.

Cuando terminaron y la pequeña se fue a su cuarto, Silvia le preguntó a Isabel si se había percatado de lo poco que había comido su hija. Ella le quitó importancia y dijo que no quería ser una de esas madres que se pasan el día cebando a sus hijos como si fueran ocas de *foie gras*.

—El cuerpo se regula solo. Si no le apetece comer es porque no lo necesita —le dijo alegremente.

Y luego aprovechó para bajar a hacer la compra puesto que tenía una *baby sitter*. Silvia, contenta de poder ser útil, se dirigió al cuarto de Isolde y la ayudó con los deberes de ciencias.

—Me gusta un chico de mi colegio —soltó la niña de repente, con una expresión grave.

—¿Ah, sí? ¿Y es simpático? —preguntó Silvia, sin saber bien qué decir.

—No. Siempre me insulta. Dice que estoy gorda. Me llama la «brazosalchicha». Hoy se ha reído de mí con sus amigos cuando me comía el bocadillo, y se han puesto todos a hacer que masticaban a dos carrillos, así que lo he tirado. La verdad es que ninguna de las chicas de mi clase come nada en el recreo.

—No le hagas ni caso. Los niños solo repiten lo que oyen en casa. Tú no estás gorda, estás en *bon point*. Te prohíbo que te conviertas en uno de esos esqueletos con patas que están ahora tan de moda, porque las modas no duran... Mi abuela diría que eres como una manzanita, toda sonrosada y saludable.

Pero Isolde no sonrió.

—No quiero ser una manzana. A los chicos les gustan los esqueletos más que las manzanas. Y yo quiero gustarle a Charles. Aunque diga todas esas cosas feas de mí, a veces le pillo mirándome a escondidas.

Silvia acarició el cabello de la niña. No era la más indicada para dar consejos al respecto.

—Me pasa lo mismo que a ti —añadió Isolde—. Aunque ese chico me cae mal y sé que es malo, no puedo evitar quererlo. Por eso sé que me comprendes.

A Silvia le sobrevino un mareo súbito. ¿Cuántas conversaciones habría escuchado a escondidas aquella niña? Contra su voluntad, estaba siendo el peor ejemplo posible en su educación sentimental.

—¿Le has contado algo de esto a tu madre?

—¡No! ¡Claro que no! Ella no lo entendería, no es como nosotras. No se ha dado cuenta de que para amar de verdad hay que sufrir. Como el ruiseñor que está enamorado de la rosa. Como el príncipe de oro. —Y entonces cogió el cuento que le acababa de regalar Silvia y lo abrazó.

15

Paris canaille
Yves Montand

Como había pedido la tarde libre, Silvia llegó a casa un poco antes que de costumbre. La portera no estaba en su sitio. Se notaba cansada y por un momento sintió la tentación de subir en ascensor, pero entonces recordó su nueva etapa con Alain y deseó que sus muslos fueran más firmes que nunca.

En cuanto salió del ascensor tuvo el presentimiento de que algo andaba mal. Pero no percibió lo que era hasta que hubo recorrido la mitad del descansillo: la puerta de su casa estaba abierta de par en par.

Asustada, asomó la cabeza sin atreverse a entrar.

—¿Alain? —dijo sin mucha convicción.

No hubo respuesta.

Silvia miró hacia las demás puertas como esperando que alguien saliera a ayudarla o le preguntara qué estaba sucediendo allí. Eso tampoco ocurrió. De modo que se armó de valor y se decidió a entrar. Con cautela, cruzó la entrada y llegó hasta el salón. Todo estaba en orden.

Hubo un ruido en el descansillo. Salió corriendo para

ver de qué se trataba pero no vio nada. Oyó que el ascensor se ponía en marcha. Con el corazón latiéndole tan fuerte que dolía, presa del pánico, se enfrentó a la decisión de bajar corriendo las escaleras. Seguramente llegara a tiempo de ver quién iba en el ascensor, pero eso supondría dejar su casa abierta. También tenía la desagradable intuición de saber quién era esa persona.

Paralizada en el cuarto piso, oyó que el ascensor llegaba a la planta baja y que se abrían las puertas. Corrió hacia la ventana del descansillo que daba a la calle y se asomó. Vio salir del edificio a una mujer de pelo negro, vestida con ropas oscuras, que caminaba con rapidez. El corazón le dio un vuelco.

Regresó a su piso y, sin cerrar aún la puerta, entró en todas las habitaciones buscando signos de destrozo o de vandalismo. Si aquella loca se había atrevido a hacerle algo a su casa... Sin embargo todo parecía estar exactamente como lo había dejado al salir de casa por la mañana. Miró debajo de las camas, detrás de las cortinas y examinó a conciencia el interior de cada armario.

Ya más tranquila, se atrevió a cerrar la puerta y echó todos los cerrojos. Lo primero que hizo fue llamar a un cerrajero de urgencia para que fuera a cambiar la cerradura de inmediato. Con la tarifa nocturna le saldría bastante caro, pero le daba lo mismo: su seguridad era lo más importante.

Entonces lo vio. En la mesita de la cocina, donde aún estaban los restos del desayuno que le había preparado a Alain y que no le había dado tiempo a recoger, había un sobre de color amarillo. Se acercó, temerosa. No tenía nada escrito. No hacía falta: la destinataria solo podía ser ella.

Rasgó el sobre y encima de la mesa del desayuno cayó el juego de llaves que le había dado a Alain, con su llavero de delfín. También había una carta. Estaba escrita con ordenador e impresa con un tipo de letra estándar e impersonal. No llevaba firma.

Hacía tiempo que sospechaba una infidelidad de Alain e hice que un detective lo siguiera. Mis temores se confirmaron. El detective me dio tu dirección y encontré las llaves en la cartera del imbécil de mi marido.

Lo que hoy he hecho con tu casa es lo mismo que tú le has hecho a mi tranquilidad conyugal. Has entrado en un lugar sin ser invitada, has tratado de llevarte algo que no te pertenecía y has causado mucho dolor, seguramente empezando por el que te haces a ti misma, con tu patético intento de ser amada.

No me interesa saber si esto se lleva produciendo mucho o poco tiempo. Solo quiero que sepas que no pienso separarme de él. No es la primera vez que pasamos por esto, nuestro matrimonio ha superado problemas más graves.

Espero que tu autoestima mejore y que dejes de buscar migajas de cariño en hombres casados. Seguro que, algún día, tú también encontrarás a alguien que te quiera de verdad en lugar de utilizarte para aliviarse entre semana. Y espero que cuando eso suceda otra chica sin escrúpulos te haga exactamente lo mismo que tú me has hecho a mí.

A Silvia le dio un vuelco el estómago. Aquella mujer lo sabía todo de ella: dónde vivía, que estaba sola, a qué hora entraba y a qué hora salía…

El texto estaba redactado en un francés muy correcto. Durante un momento, Silvia se vio a sí misma a través de los ojos de aquella desconocida y se sintió tremendamente sucia, egoísta e inconsciente. La típica perra rompehogares. La puta sin autoestima que no merece el respeto de nadie.

¿Se habría dado cuenta Alain de que habían desaparecido las llaves que le dio? Supuso que no, ya que de otro modo se habría puesto en contacto con ella.

O quizá no. Pudiera ser que en ese momento Alain fuera consciente de lo que había sucedido y hubiera optado por no dar señales de vida. Quizá Giulia se lo había dicho todo y le había prohibido que llamara a Silvia, amenazándole con el divorcio o con algo peor, una demanda judicial que podría arruinarle en vista de las pruebas que había conseguido.

Existía una tercera posibilidad: Alain no solo sabía lo que había sucedido sino que de alguna manera había ayudado a su mujer. Entre los dos se montaban un jueguecito perverso y disfrutaban humillando a las amantes de él; quizá también a los amantes de ella. Pudiera ser que llevaran años haciendo cosas parecidas para darle chispa a su matrimonio.

Silvia decidió detener su cabeza. De las situaciones de su vida en las que era necesario tomarse un tranquilizante, aquella estaba en el *top ten*.

16

Faut pas pleurer comme ça
Daniel Guichard

Se obligó a respirar hondo y a intentar calmarse. Preparó la infusión de jengibre y limón que le había regalado Isabel, se tomó el tranquilizante y cerró los ojos mientras reflexionaba e iba definiendo los pasos a seguir.

La primera decisión tenía que ver con Alain. No sabía si llamarle o escribirle. Por una parte, oír su voz tendría un efecto sedante sobre ella. En aquellos momentos sería como un bálsamo, y todo su cuerpo le pedía que lo hiciera. Por otra parte, no tenía ni idea de cómo estaban las cosas con él.

Por supuesto, aquella situación abría una nueva posibilidad para la separación entre Alain y Giulia, si eso fuera realmente lo que él deseaba. Ahora no tenía la excusa de ahorrarle un disgusto a su esposa. El sobresalto ya se lo habían llevado tanto Giulia como ella misma.

Tendría gracia que al final el que sufriera menos consecuencias, el que saliera airoso de todo aquel asunto fuese precisamente el que había sido infiel, el que había engañado, el que las había traicionado a las dos de tantas maneras. Seguro que la italiana, para conservarle, minimizaría las represalias y le trataría con atenciones y mimos redoblados.

O quizá ella no le dijera nada y el muy cobarde, cuando se percatara de que las llaves habían desaparecido, pensara que se le habían caído o perdido, algo que evidentemente no comentaría con su mujer. Giulia se aprovecharía de su cobardía y aversión al conflicto para hacer que continuara a su lado, a pesar de que llegaría un momento en el que ambos sabrían perfectamente lo que había sucedido, y nunca hablarían de ello, como si ni la infidelidad de él ni el allanamiento de ella hubieran tenido lugar.

Mientras esperaba la llegada del cerrajero, Silvia se puso a registrar toda la casa en busca de posibles cámaras o micrófonos ocultos. No encontró nada sospechoso, pero se prometió encargar una inspección completa. No tenía ni idea de dónde pedir ese servicio, si en una tienda de informática... o en una agencia de detectives, confiando en que no fuese la misma que había utilizado Giulia y que había conseguido su dirección sin ningún problema. También tenía que investigar si eso era legal. En aquella ocasión no había pasado gran cosa, pero... ¿y si a esa mujer le hubiera dado un acceso de locura y hubiera intentado matarla? Al hacer memoria, se dio cuenta de que el chico joven que esperaba en su edificio debía de ser el detective privado.

Por otra parte, y aunque el texto de la carta estaba pensado para hacerle daño y conseguir que se sintiera mal, avergonzarla y humillarla, lo cierto era que Alain le había descrito un perfil de su esposa que no acababa de encajar con alguien que escribe cartas. Más bien se habría puesto a gritar y habría buscado la confrontación física.

Tuvo la impresión, y no era la primera vez, de que Alain había exagerado y se había puesto melodramático en sus descripciones. O, directamente, era un mentiroso manipulador. Quizá su mujer no fuera la histérica celosa que él había retratado. Quizá ni siquiera fuera cierto que su relación atravesaba un mal momento o que ella nunca quisiera acostarse con él.

Aprovechó la ardiente oleada de ira que la sacudió en aquel momento para bloquear el número de Alain en su móvil, Ya no recibiría sus llamadas o mensajes. Y después eliminó su número. No cambió el nombre, no le puso la etiqueta de «No coger». Lo borró bien borrado, sintiéndose afortunada de la mala memoria para los números que siempre había tenido.

Solo entonces se dio cuenta de que aquel punto de inflexión le proporcionaba cierto alivio. La actuación de Giulia liberaba parte de su sentimiento de culpabilidad. Por una vez, ni Alain ni ella eran la parte activa. Quizá por fin se produjera el cambio que tanto había anhelado. Era Giulia la que había cometido un error, tal vez un delito.

Mientras el cerrajero terminaba de cambiar la cerradura, Silvia, que estaba más tensa que una cuerda de arpa, y a quien esa noche iba a costarle mucho dormir a pesar de la pastilla, decidió hacer caso a sus amigos, por una vez, e ir a terapia.

17

La ballade de Paris
YVES MONTAND

Silvia no pasó una buena noche. Tuvo sueños incómodos y en todos ellos Alain iba a su casa para decirle que deseaba estar con ella. Pero después algo le sucedía: se echaba a reír como si la visión de Silvia fuera lo más ridículo del mundo, se fundía como si fuera de cera... Ella intentaba hablar y se le llenaba la boca de alfileres, que la ahogaban y la herían, despertándola de golpe con una sensación de lo más desagradable.

Nada más despertar, a tientas y angustiada, buscó el móvil deseando encontrar algún mensaje de Alain. Sin embargo, allí no había nada. Tampoco un e-mail, o un mensaje deslizado bajo la puerta.

Antes de salir de casa, Silvia llamó al terapeuta que le había encontrado Isabel. Le dieron cita para esa misma tarde, después del trabajo. Dudó un momento, pensando que si ya estaba cansada a las ocho de la mañana, a las siete de la tarde estaría destrozada. Pero acabó por aceptar.

Aquel día, el griego misterioso no apareció por la empresa. Sin embargo, las cuatro compañeras no dejaron de murmurar acerca de la actitud hosca del jefe, de su aire ausente. Cualquier cosa que monsieur Lestaing hiciera, o que no hiciera contradiciendo su costumbre, les parecía un indicio de lo más sospechoso, sobre todo a Clothilde, a quien todo aquello le estaba afectando más que a nadie.

—Mañana he quedado con el detective en el bar de Mireille —le dijo—. Iremos todas a hablar con él al salir del trabajo.

Silvia asintió, algo distraída. Intentaba que sus compañeras no notaran lo rara que debía de estar *ella*, lo que resultó bastante sencillo en aquel ambiente de conspiraciones. Tan solo Mathilde, que estaba en la mesa de al lado, se fijó en ella en cierto momento.

—Estás muy callada hoy. —Le sonrió.

—Me encuentro cansada —respondió ella, componiendo rápidamente una sonrisa. No había recibido ningún mensaje de Alain en todo el día, y la tensión de esa espera le drenaba la poca energía disponible.

Salió del trabajo arrastrando el abrigo y tomó el metro para llegar al barrio de Saint-Germain-des-Prés, donde estaba la rue des Beaux-Arts, su calle preferida de la *rive gauche*.

Cuando llegó frente al número 13 se quedó con la boca abierta. Por eso aquella dirección le había resultado familiar. Se encontraba frente al emblemático L'Hôtel, uno de los edificios más famosos de París a causa de todos los personajes conocidos que se habían alojado allí desde hacía siglos.

¿Sería posible que el terapeuta que le había recomendado Isabel tuviera la consulta precisamente en aquel lugar? Debía de costar una fortuna. Lo más sensato era preguntar en recepción si aquel era el sitio que estaba buscando, y después informarse muy bien de los precios antes de comprometerse a nada.

Silvia entró en el hotel y de repente todo su cansancio desapareció como por arte de magia. Era uno de esos lugares tan cargados de magia y sugestión que bastaba con poner un pie para sentirse transportada a otro tiempo. De hecho, aunque hubiera pasado muchas veces por aquella elegante calle, jamás había tenido una excusa para entrar, y la verdad era que estaba disfrutando de la experiencia.

—Perdone, ¿es aquí la consulta de monsieur O'Flahertie? —preguntó en recepción.

Un chico increíblemente atractivo le confirmó que, en efecto, así era, y le indicó el número de habitación.

Silvia subió la magnífica escalera circular sin abandonar ese estado de gozosa perplejidad. Aquel lugar legendario estaba habitado por personas muy distintas a las que solían verse por la calle. Sus ropas, su manera de moverse, su confianza en sí mismos, su aire cosmopolita o de intelectuales despistados hacían que cada persona mereciera ser observada. Todas parecían tener historias interesantes.

Llegó a la habitación que le habían indicado y vio que la puerta estaba entreabierta. Seguramente le hubieran anunciado su llegada a monsieur O'Flahertie.

—¿Se puede? —dijo, con timidez, mientras introducía la cabeza por la rendija.

Aunque se trataba de una habitación de hotel, estaba

llena de estanterías repletas de libros hasta el techo. Al otro lado de la sala, mirando por la ventana, había un hombre corpulento, con el cabello largo y peinado hacia atrás. En cuanto oyó su voz, se volvió y caminó a su encuentro con los brazos cálidamente abiertos.

—¡Usted debe de ser Silvia! ¡Cómo me alegro de conocerla por fin!

Aunque con un leve acento extranjero, el terapeuta tenía un francés cantarín y elegante, como de otra época.

—¡Venga conmigo a mirar por la ventana! ¡La vista es excepcional!

Algo sorprendida por la inusual invitación, Silvia lo acompañó hasta la ventana.

—París siempre se parece a sí misma, ¿verdad? —dijo él, con una mirada que danzaba como una mariposa de un lugar a otro—. No importa el tiempo que haya pasado. Su cielo siempre es gris, pero ese gris encierra todos los matices, todos los tonos, si uno sabe fijarse. Observe la aureola luminosa que se acaba de crear al encenderse aquella farola. ¿No percibe usted un fabuloso tono verde?

Ella le dio la razón. Se quedó fascinada por la capacidad de aquel hombre para encontrar una belleza sorprendente en cosas que para ella habían pasado a ser invisibles, desgastadas por la rutina y la familiaridad. Sin embargo, esa facilidad para echarse a volar del consejero le recordó que ella no podía descuidar los aspectos prácticos de aquella situación.

—Monsieur O'Flahertie, antes de empezar me gustaría saber el precio de las sesiones. Al tener lugar en un sitio tan lujoso...

—Oh, sí, por supuesto. Se trata de una pregunta completamente pertinente. Para poder darle una respuesta necesito saber antes algunas cosas. ¿Cuánto cuesta una barra de pan?

—¿Perdone?

—Una *baguette*, el precio normal.

Silvia, algo confusa, se lo dijo.

—¿Y un libro nuevo? Uno de bolsillo.

Aún más atónita, ella le dijo otra cifra aproximada.

—¿Y un mes de alquiler? En una casa del centro, no demasiado lujosa.

Ella pensó que aquello se ajustaba bastante a las características de su propia vivienda, y le dijo lo que pagaba al mes por su hipoteca.

—Está bien. En ese caso… déjeme hacer algunos cálculos… el precio de cada consulta deberían ser unos cuarenta euros. ¿Le parece bien?

Ella alzó las cejas. Aquello era menos de la mitad de lo que habría esperado. Era bastante extraño que el terapeuta estuviera improvisando los precios sobre la marcha.

—¿Acostumbra usted a cobrar una cantidad distinta a cada cliente? —le preguntó.

—Por supuesto —dijo con una brillante sonrisa—. Todos los problemas tienen precios distintos, *n'est-ce pas?*

Silvia se echó a reír, lo que provocó que él se contagiara.

Le gustaba cómo se estaba sintiendo. No llevaba allí ni cinco minutos y ya estaba completamente a sus anchas, relajada, dispuesta a iniciar aquella aventura con ese peculiar extranjero con el que tenía la tan descrita, pero tan pocas veces experimentada, sensación de que lo conocía de toda la vida.

—Venga usted a la *chaise longue*, querida. Tenemos mucho de que hablar.

Ella supuso que, a partir de aquel momento, empezaría una terapia psicológica más o menos convencional. Él le haría preguntas acerca de su pasado, ella le contestaría con medias verdades, y entonces él haría preguntas inteligentes y sensibles que irían directas a los lugares dolorosos. Por último, ella se echaría a llorar, y ya podrían ir identificando los puntos sobre los que comenzar a trabajar.

Sin embargo, con sus modales exquisitos, monsieur O'Flahertie le preguntó lo siguiente:

—¿Cuáles son sus libros favoritos, Silvia? Hábleme de ellos.

Aquello sí que no se lo esperaba.

18

Le loup, la biche et le chevalier
HENRI SALVADOR

Hablaron de libros. Silvia mencionó sus favoritos de todos los tiempos: *Cumbres borrascosas*, *Madame Bovary*, *El diablo en el cuerpo*, de Raymond Radiguet, su debilidad por la literatura japonesa, con libros como *Lo bello y lo triste*, de Yasunari Kawabata, o *Sed de amor*, de Yukio Mishima... Conversaron largo rato sobre cada uno de los títulos, que el consejero conocía muy bien.

Monsieur O'Flahertie, que era irlandés pero llevaba muchos años viviendo en Francia, la había escuchado atentamente. Le preguntó por qué le gustaba cada uno de esos libros y Silvia adujo razones diferentes para cada uno de ellos. La manera de narrar los sentimientos, en algunos; la forma de describir la belleza, en otros. La capacidad para sumergirse en el corazón y en el alma de alguien muy diferente a uno mismo...

En ese momento vio que el terapeuta levantaba una ceja.

—Hábleme de *Sylvie*, la novela de Nerval. Estoy seguro de que la ha leído.

Ella le dijo que, efectivamente, había sentido curiosidad por el famoso texto, y le contó las reflexiones que había desencadenado en ella.

—Ese libro me enseñó que para gustar a los hombres no hay que ser una misma. Qué error, ¿verdad? Pero me he pasado la vida entera creyéndolo —dijo, cabizbaja.

—Es maravilloso que lo haya comprendido, Silvia. Las cosas que tienen el mismo nombre que uno poseen un poder extraordinario sobre nosotros. Supongo que alguna vez se ha detenido a pensar en la importancia de los apodos en los cuentos de hadas: Piel de Asno, Cenicienta, Blancanieves... el destino de cada una de esas muchachas está ya escrito en su nombre.

—Me gustan mucho los cuentos de hadas —confesó ella, algo avergonzada—. Tengo una pequeña colección...

—¡Estupendo! —dijo él, entusiasmado—. Permítame mostrarle la mía.

Caminaron hasta una estantería de volúmenes antiguos.

—Además de su belleza, es evidente lo que tienen en común, ¿verdad?

—Casi todos fueron escritos por mujeres —explicó Silvia.

—Así es. Más de un siglo antes que los hermanos Grimm, fue una mujer, Madame d'Aulnoy, quien inventó la expresión «cuentos de hadas». Escribió dos libros de relatos maravillosos, muchos de ellos siguen siendo recordados en la actualidad, aunque a poca gente le suene el nombre de su autora. Igualmente importante es Madame Leprince de Beaumont, que además de ser amante de un espía inglés escribió la versión definitiva de *La Bella y la Bestia*, seguramente el cuento del que más versiones se han hecho en el mundo. Los cuentos de Madame d'Aulnoy no eran para niños, pero los de Madame Leprince sí que estaban pensados para enseñar a los más jóvenes.

—Como los de Charles Perrault. Pero él, siendo uno de los pocos hombres entre todas las escritoras que cultivaban el género, fue nombrado académico y es el único que ha pasado a la historia.

—Gabrielle-Suzanne Barbot de Villeneuve —pronunció monsieur O'Flahertie mientras pasaba suavemente un dedo por el canto de los volúmenes—, Henriette-Julie de Castelnau, Marie-Jeanne L'Héritier de Villandon, Charlotte-Rose de Caumont de La Force, Catherine Bernard... qué nombres más hermosos. Son como un ramillete de flores fabulosas en sí mismos. Le sacan todo el partido a este precioso idioma.

Volvieron a sentarse y se quedaron en silencio durante unos minutos. No era un silencio incómodo, lo que resultó reconfortante para Silvia. Cada uno pensaba en sus cosas.

—Me gustaría que se pusiera usted un nombre —dijo él de repente.

—Pero... ya tengo uno —repuso ella, desconcertada.

—Un nombre de cuento de hadas. Uno que describa la situación problemática en la que usted está, o cree estar. Un nombre que refleje los aspectos negativos contra los que hay que luchar.

Ella frunció el ceño.

—Pero no sé cuáles son. No muy bien, al menos.

—Precisamente para eso servirá este ejercicio. ¡Se me acaba de ocurrir pero creo que es estupendo!

A ella le gustó verle tan entusiasmado con la idea y se propuso hacerlo lo mejor posible para complacerlo.

—Cierre los ojos, Silvia. Eso es. Imagínese usted en un bosque muy oscuro, de espesa vegetación. Casi es de noche. Hace frío, la tierra está húmeda a causa de la lluvia y su calzado consiste en un trapo que le envuelve los pies, atado con una simple cuerda en los tobillos. El camino está lleno de ortigas que le irritan las piernas.

Ella se estremeció. La descripción era tan real que estaba empezando a sentir frío de verdad.

—Usted sabe que está buscando algo, pero ha olvidado qué es. También tiene miedo, el corazón le late desordenadamente. Gira la cabeza y mira hacia atrás: por un momento ha temido que alguien la esté siguiendo. No parece haber nadie, pero sabe que es su pasado el que la persigue.

Silvia se estaba metiendo cada vez más en el papel.

—A pesar de ello, acelera el paso. Un cuervo chilla desde un árbol, muy cerca de usted. Un arbusto se mueve, como si tuviera dentro una alimaña. Hay que echar a correr. Está usted en peligro.

Ella se dio cuenta de que el corazón le latía más rápido, como si pudiera sentir el aliento de aquella amenaza en la nuca.

—Tiene usted que salir de ese bosque, hay que escapar lo antes posible. Pero solo hay un camino: es necesario atravesar el río de los Nombres Moribundos. Haga caso de su intuición, no se deje atemorizar: ¿en qué dirección cree que está?

—A la izquierda —dijo ella—. Hay un camino lleno de helechos, eso significa que hay agua cerca.

—¡Muy bien! ¡Mejor que bien! ¡Vaya hacia la izquierda, a través del camino de helechos! Están cargados de gotas de agua. Mientras corre hacia el río, los helechos le acarician las piernas, sanando el escozor de las ortigas. Le parece ver algo que destella al final del camino… ¡eso es! ¡El brillo de la luna sobre el agua! ¡Está llegando al río!

Ella sonrió de alivio, sin darse apenas cuenta.

—El aire huele a tierra mojada, es una sensación muy agradable. Cuando llegue usted al río, contemplará su imagen en el agua y sabrá cómo se llama esa chica que hay que dejar atrás. Pero aún no ha llegado, tiene que seguir corriendo, y parece que el enemigo ha ganado terreno… Aquello que la persigue está más y más cerca.

Ella sintió que los músculos de sus piernas se tensaban, como si realmente estuviera ansiosa por echar a correr.

—¡Deprisa, deprisa! ¡Hay que llegar al río, es muy importante! Solo así podrá salir del bosque oscuro, lleno de peligros y de incertidumbres. ¡El agua está cada vez más cerca! ¡Siga corriendo, siga corriendo en busca de su nombre!

Silvia visualizaba perfectamente el río bañado por la luz de la luna al final del camino bordeado de helechos.

—Queda muy poco ya, solo diez pasos… nueve… ocho… siete… en unos segundos verá usted su rostro reflejado en el agua y sabrá cuál es su verdadero nombre en este momento de angustia... cinco... cuatro... solo unos pocos pasos más... Dos... Ya está muy cerca del agua. Agáchese y mírese en el agua plateada.

Ella asintió de forma casi imperceptible. En su mente, la imagen del río bañado por la luz de la luna era muy apacible, pero le daba un poco de miedo mirarse en aquel espejo. Temía lo que podría encontrar. Sin embargo, tenía que hacerlo, porque de lo contrario la criatura que la perseguía...

¡Un momento! En el bosque de su imaginación, Silvia dio media vuelta y no oyó nada. No había nadie ni nada persiguiéndola. El bosque estaba en silencio, un silencio aterrador. Estaba sola, completamente sola. Y al percatarse de esto, sintió frío en todo el cuerpo.

Titubeando, se acercó y se asomó al agua. Lo que vio la dejó desconcertada: se trataba de ella misma, pero con un aspecto muy envejecido y extraordinariamente triste. Tenía la boca cerrada arrugada sobre sí misma, como si llevara muchísimo tiempo sin hablar con nadie. Y no había ni una sola estrella en el cielo.

Comprendió que era la soledad la que le había hecho eso, una soledad profunda que la había estado royendo hasta volverla muy desgraciada.

—¡Dígame su nombre, Silvia! ¡El nombre de todo lo que quiere dejar atrás!

—Tristeysola —susurró ella—. Me llamo Tristeysola.

Y no pudo evitar echarse a llorar. Pronunciar aquellas palabras había sido peor que desnudarse. Se sentía terriblemente humillada por haber dejado escapar esa verdad tan espantosa sobre sí misma.

Monsieur O'Flahertie posó las manos sobre los hombros de Silvia.

—Eso es, eso es, *ma chère*. Lo ha hecho usted tremendamente bien. Ya ha conseguido saber cómo se sale del bosque y a partir de ahora será mucho más fácil reconstruir el camino. Lo más duro ha pasado.

El tacto de sus manos era tan ligero como una pluma, pero le transmitió una enorme sensación de alivio.

—No piense que ha perdido la capacidad de quererse a sí misma, Silvia. Las enfermedades del alma son como las del cuerpo: un poco de tiempo, un remedio adecuado, y ya está. Dentro de poco será usted la de siempre, mejor que la de siempre.

Aquellas palabras deshicieron el nudo en el estómago que se le había formado a Silvia al comprender el estado al que la había reducido su falta de autoestima.

—Ahora, querida Silvia, solo queda la parte divertida: encontrar el nombre de aquello que desea usted ser, el verdadero nombre de su futuro. Cuando encuentre usted su nombre, nuestra tarea habrá terminado. Tenemos un poco de trabajo por delante, pero conseguirá reforzar para siempre su corazón y su alma.

19

Sous le ciel de Paris
ÉDITH PIAF

Cuando Silvia se hubo tranquilizado, con una buena taza de hierbaluisa en las manos, él siguió hablando.

—Se le da muy bien imaginarse cosas. Sospecho que es usted una excelente lectora, que se implica en aquello que lee y es capaz de sumergirse en las historias y desarrollar una verdadera amistad con los personajes. Volvamos a hablar de sus libros favoritos, ¿le parece?

Monsieur O'Flahertie le preguntó qué tenían en común todos los libros que había mencionado al principio de la sesión. Silvia, repasándolos uno por uno, no supo qué decir aparte de obviedades:

—Todos tienen una protagonista femenina, un amor que causa un gran impacto en la vida de alguien...

—¿Es un amor sano? ¿Esos impactos son positivos? —preguntó él.

Ella agachó la cabeza y negó en silencio.

—Pero no es que yo los escoja porque tengan esos temas... —se disculpó ella—. La mayoría de los libros hablan de romances fallidos o imposibles.

—La mayoría de los libros que usted busca inconscientemente, mi querida Silvia. Pero no se preocupe, eso no es grave. Nos ha pasado a muchos.

Y se quedaron de nuevo en silencio.

—Hay algo más que esa lista de libros me dice acerca de usted.

—¿Ah, sí? —preguntó ella, con curiosidad.

Monsieur O'Flahertie la observó durante un instante. Sus ojos eran alegres y bondadosos, pero allí dentro, en lo más profundo, habitaban las huellas de un dolor antiguo que nunca había dejado de temblar. Silvia se preguntó de qué se trataría.

—Se siente atraída por los comienzos, los inicios. La mayor parte de esos libros cuentan la historia de un deslumbramiento, de un flechazo. Lo que le hace salir de casa cada mañana es la esperanza y la posibilidad de que algo nuevo empiece. ¿Me equivoco?

Ella se puso a pensar.

—Es posible —concedió, con prudencia—. Tendría que darle vueltas.

—Por supuesto —dijo él—. Para que pueda pensarlo mejor, le voy a encomendar una tarea.

Entonces se dirigió hacia una de las estanterías y, sin apenas buscarlo, extrajo de ella un libro delgado.

—Aquí tiene. Me gustaría que lo leyera antes de la próxima sesión.

—Oh... de acuerdo, monsieur O'Flahertie. Se lo devolveré cuando regrese.

—No, no tiene que devolvérmelo. Este libro es para usted. Quiero que se sienta libre para escribir en él, o dibujar; que tache las cosas que la pongan nerviosa, que subraye aquellas que le parezcan importantes. Que lo complete con sus propias reflexiones. Y que llegue hasta la isla de la última página, si es posible. Cuando lo haya hecho, pida otra sesión.

Ella quiso preguntar qué era aquello de «la isla de la última página», pero se sintió ignorante por no reconocer un término que él había utilizado como si fuera de uso común.

Y así se despidieron. La sesión había durado casi dos horas. Ella intentó darle a monsieur O'Flahertie ochenta euros, pensando que había consumido dos sesiones de una hora, pero él le dijo, con la sonrisa encantadora de un niño que intenta hacer trampas en un juego, que el precio que le había dicho era «por sesión». Y que una sesión empezaba cuando llegaba el cliente y terminaba cuando se iba. Ella le pagó los cuarenta euros y aún intentó darle algo más por el libro, pero él terminó con sus protestas besándole la mano con galantería, diciéndole que la echaría de menos hasta la siguiente sesión.

Mientras bajaba las escaleras se dijo que no le salían las cuentas acerca de aquel servicio terapéutico. Si tenía todas aquellas librerías instaladas en la habitación, sin duda se trataba de un alquiler permanente, es decir, que monsieur O'Flahertie residía en aquel lugar. Un simple vistazo a las tarifas del hotel bastaba para comprobar que con aquellos precios tendría que hacer muchas muchas sesiones para poder pagarlo, y sin embargo, el hombre ni siquiera estaba seguro de cuánto cobrar. Quizá se tratara de una especie de filántropo que no necesitaba el dinero.

Silvia salió de L'Hôtel con una sonrisa en los labios. Decidió hacer a pie un trecho del camino para ver el río iluminado. Llegó hasta la ribera del Sena y admiró los elegantes cafés y los restaurantes que sembraban las aguas de reflejos y destellos, haciendo palidecer el mismísimo crepúsculo.

Se acodó en el puente para poder ver ambos lados del río. Era tarde, pero su cuerpo no lo acusaba. Todo el cansancio que le había pesado durante el día se había volatilizado dejándola con ganas de pasear, de observar, de vivir. Era como si al amanecer hubiera tenido sesenta años y por la tarde diecisiete.

A veces, cuando estaba de mal humor, ver disfrutar a otros de una noche lujosa, en pareja, la ponía de peor humor todavía. Aquello no solo le recordaba su propia soledad sino la tremenda cantidad de injusticias que había en el mundo. Sin embargo, en aquel momento, al observar a esas mismas parejas, jóvenes y bellas, y su mundo dorado le pareció que esa alegría y esa despreocupación, esa certeza de que cada día del futuro iba a ser mejor que el anterior, se le contagiaba como una chispa de oro.

Tan solo con mirarlos, sentía que era ella la que estaba cenando allí dentro con algún chico encantador y caballeroso. Era ella la que llevaba vestidos de firma, sencillos pero originales, capaces de realzar a la perfección las cualidades de quien los llevaba. Era ella la que se había pasado la tarde en una peluquería de postín, intercambiando confidencias con su estilista ruso mientras tenía los pies sumergidos en agua caliente con seltz y unas gotas de champán.

—¿En qué piensa usted? —dijo una voz a su lado.

Silvia se sobresaltó.

—Perdone si la he asustado… No nos han presentado, pero no es la primera vez que nos vemos —dijo monsieur Thanos, con su especiado acento del sur.

Ella sintió que los carrillos le empezaban a arder.

—Yo… Lo cierto es que… no…

—Trabaja usted para monsieur Lestaing, ¿verdad? La he visto en su oficina. Hace poco incluso coincidimos en el ascensor.

No esperaba respuesta o confirmación. Silvia respiró hondo. Aquel hombre hablaba con una seguridad y un aplomo… Era como si no tuviera ninguna duda de que aquella mujer acodada en el puente, iluminada solo por la luz de las farolas, fuera la misma con la que una vez había coincidido en un ascensor. ¿Cómo podía estar tan seguro?

—Me llamo Odysseus —dijo él, tendiéndole la mano.

Ella la aceptó sin saber muy bien cómo actuar. ¿Debía seguirle la corriente e intentar averiguar a qué se dedicaba y por qué iba tanto al despacho de Lestaing? ¿O eso podría ponerle sobre aviso? Por otra parte, la intensa mirada del griego sobre su cuello y su rostro la estaba tensando como un animal acorralado.

—Me alegro de conocerle, monsieur Thanos. Lamentablemente, no tengo tiempo para conversar en este momento. Ha de ser en otra ocasión.

Él frunció el ceño.

—¿Por qué está usted tan nerviosa? No hay nada de perverso en mis intenciones, se lo aseguro.

Oír la palabra «perverso» brotando de aquella boca fue demasiado para ella. Musitó una nueva disculpa y cruzó el puente, rumbo a la *rive gauche*, haciendo claquetear los tacones.

20

Une belle histoire

MICHEL FUGAIN

Al llegar a casa, el corazón aún le latía apresuradamente a causa del encuentro. Bajo la esquiva luz de las farolas, el intimidante griego no solo le había parecido mucho más peligroso y capaz de cualquier actividad ilegal, sino también, y eso era lo inquietante, mucho más atractivo. Como si la noche fuera su elemento.

En el descansillo miró en busca de cualquier indicio de que Giulia hubiera podido regresar. No encontró ninguno. Con un escalofrío, se dio cuenta de que la sensación de inseguridad le duraría varios días.

Entró en su apartamento y se quitó los zapatos. Se dejó caer sobre el sillón, pensando que después de una jornada tan larga, completa y llena de emociones, después de lo poquísimo que había dormido la noche anterior, debería estar completamente agotada. Necesitaba descansar para encontrarse mejor al día siguiente. Sin embargo, tras los primeros minutos de reposo, comprobó que no tenía ni pizca de sueño. Es más, se sentía a sí misma pletórica de energía y con ganas de vivir.

Se sirvió una copa de vino blanco y cogió el libro que le había dado monsieur O'Flahertie. Se titulaba *Si una noche de invierno un viajero*. Y decidió que aquel era un momento tan bueno como cualquier otro para comenzar a leerlo.

En la primera página estaba escrito:

Estás a punto de empezar a leer una nueva novela de Italo Calvino, *Si una noche de invierno un viajero*. Relájate. Concéntrate. Aleja de ti cualquier otra idea. Deja que el mundo que te rodea se esfume hasta desvanecerse. Será mejor que cierres la puerta.

Silvia se estremeció. Era extraño que un libro se dirigiera a ella de esa manera, como si la conociera. Aquel texto no era como los demás. Quizá fuera precisamente por eso por lo que se lo había recomendado el terapeuta.

Después de varios capítulos le quedó clara la relación entre aquel extraño texto y el problema al que había aludido monsieur O'Flahertie: su necesidad compulsiva de «comienzos». Aquel era un libro que parecía estar compuesto de comienzos.

A pesar de que nunca se había enfrentado a un libro tan peculiar, o justamente por eso, no era capaz de dejar de leer. Había algo en esa sucesión de inicios, de primeros capítulos, que la tenía cautivada. Se lo leyó de un tirón, y ya había pasado la una de la madrugada cuando llegó a la última página.

Cerró los ojos, algo confusa. Aquel libro la había transportado a infinidad de lugares en el tiempo que había tardado en leerlo. Le había provocado una serie de reflexiones encadenadas, sorprendentes y complejas, que le habían resultado tan estimulantes como enigmáticas. A pesar de ello, se sentía un poco decepcionada.

Casi todos los libros que había leído la habían conducido por un camino más o menos accidentado, pero después la dejaban caer en el lecho de plumas de una bonita idea sobre la cual descansar, algún tipo de cierre o conclusión. Sin embargo aquel libro no le había proporcionado ninguna respuesta, ninguna certeza.

Parecía que todas las historias podían clasificarse como las que tienen un final feliz y las que no. Sin embargo, aquel libro demostraba que el abanico de posibles finales no se limita a esos dos polos. No solo había dos caminos, sino tantas posibilidades como páginas. Tantas como lectores.

Quizá sucediera lo mismo con las relaciones emocionales. Las cosas no pueden, solamente, acabar bien o mal. Hay infinitas maneras de que cualquiera de esas dos situaciones suceda, y otras tantas de que se queden a medio camino. Había relaciones felices para uno e infelices para otro, y relaciones (seguramente la mayoría) medio felices y medio infelices para cada uno de sus componentes.

Decidió hacer caso del consejo de monsieur O'Flahertie, y con un lápiz anotó en la primera página del libro una de las frases que más le habían hecho reflexionar a lo largo de su vida:

«No hay nada tan distinto como el día y la noche, y nada tan difuso como su límite». Goethe.

Mientras se ponía el pijama, se desmaquillaba y se lavaba los dientes, trató de descubrir cuál sería el motivo de que monsieur O'Flahertie le hubiera dado a leer ese libro y no otro. Por su mente revolotearon varias posibilidades, pero ninguna acababa de tener sentido.

Entonces, al apagar las luces, lo comprendió. Comprendió que una de las cosas por las que se había convertido en una adicta a Alain era porque aquel hombre era un proveedor constante de inicios. Por supuesto, antes de cada nuevo comienzo debía proporcionarle un falso final, pero aquello formaba parte del juego.

Se dio cuenta de que el mecanismo que hacía que le obsesionaran los principios y necesitara buscarlos, uno diferente de otro, era semejante al de quien no está nunca satisfecho con la decoración de su casa o con su modelo de móvil y necesita cambiar constantemente.

Le daba miedo ir más allá del comienzo con alguien porque temía que después de un arranque luminoso, de un prometedor inicio, le esperase la monotonía, lo previsible. Con Alain estaba completamente a salvo: nunca podría pasarle eso. Incluso aunque se hubiera ido a vivir con ella, no sería más que otro escalón en el eterno tira y afloja de sus dramas sentimentales, de sus *liaisons dangereuses*.

El libro que acababa de leer, en cierto modo le había enseñado lo fácil que es dejarse fascinar por un principio enigmático. Y había establecido un diálogo con los demás libros que Silvia había terminado en su vida. ¿Por qué había seguido leyéndolos más allá del primer capítulo? ¿Qué tenían para haber conseguido engancharla, darle ese «final feliz» que supone considerar un libro lo bastante bueno como para llegar a la última página?

La vida proporciona con frecuencia inicios fascinantes, posibles principios de historias terriblemente prometedoras. Pero muy pocos de esos principios tendrán un desarrollo y, mucho menos, un final a su altura. La única manera de curarse de los comienzos era encontrar, o construir, una continuación igual de fascinante. Y eso solo podía hacerlo el lector, es decir, el espectador de la vida. Uno mismo.

Justo antes de dormirse Silvia pensó, con una sonrisa en los labios, que desde que había traspasado la puerta de L'Hôtel no había vuelto a echar de menos a Alain ni una sola vez en toda la tarde.

21

Vous, qui passez sans me voir
JEAN SABLON

Se despertó con tanta energía como si fuese verano, como si estuviera de vacaciones en un lugar fascinante y no pudiera esperar un solo minuto para explorarlo.

Se duchó disfrutando del agua que resbalaba por su cuerpo. Durante el desayuno paladeó cada mordisco de fruta, cada gota de té. Y se dirigió al trabajo tan contenta y descansada como si hubiera dormido catorce horas.

Al llegar a la oficina se dio cuenta de que se había olvidado el móvil en casa y se le escapó una risita. Aquello era un signo maravilloso de que su obsesión por Alain estaba empezando a remitir. La terapia de libros de monsieur O'Flahertie estaba dando sus frutos.

El día transcurrió con calma, entre bromas y risas con sus compañeras. No sabía si decirles que la noche anterior había visto al griego misterioso, que la había reconocido y que incluso se había dirigido a ella. Decidió que lo más lógico era hacerlo. No imaginaba que sus palabras iban a levantar semejante revuelo.

—¿Iba solo? —quiso saber Mathilde.

—¿Cómo iba vestido? —le preguntó Brunhilde, sin esperar a que hubiera respondido a la pregunta anterior.

Silvia les contestó por orden mientras Clothilde la observaba con algo parecido a la sospecha. Al relatar su breve diálogo también se vio obligada a contar que habían coincidido previamente en el ascensor.

—Qué le harías en el ascensor para quedarte grabada en su memoria...

—¡Brunhilde, qué cosas dices! —protestó Silvia ruborizándose, para regocijo de las demás.

Pasaron el resto de la mañana con la tensión de la espera. Silvia no podía evitar sentirse ligeramente alerta. ¿Qué ocurriría cuando llegara el griego? ¿La saludaría? ¿Volvería a intentar hablar con ella?

Sin embargo, monsieur Thanos no apareció en todo el día y las cuatro se sintieron un poco decepcionadas. En días anteriores, Clothilde había tenido la precaución de sacarle algunas fotos para enseñárselas aquella tarde al detective, pero habría estado bien contar con algunas de mejor calidad. No fue posible sacarlas.

Al acabar la jornada, recogieron sus cosas con cierto nerviosismo. Las cuatro se sentían algo traidoras a la empresa, aunque pensaran que todo lo que estaban haciendo era una precaución que redundaba en el bien común.

Cuando llegaron al bar, el detective ya las estaba esperando. Silvia sintió que su corazón se saltaba un latido: era el mismo chico al que había visto charlando con madame Bayazeed. El detective de Giulia. Tragó saliva mientras trataba de mantener la compostura. Clothilde saludó al hombre, a quien ya parecía conocer, y se lo presentó a las demás. Se llamaba Pierre. Las cuatro se sentaron a su mesa.

Si él reconoció a Silvia, no lo aparentó. Quizá no se hubiera fijado en ella, con tanta gente a la que espiar todos los días. Por una parte, le aliviaba que no hubiera dado muestras de saber quién era; por otra, le resultaba curioso ser tan insignificante para algunos hombres y tan memorable para otros. En tercer lugar, se dio cuenta de que entre Mathilde y Pierre había habido cierto intercambio de miradas que iba más allá de lo estrictamente profesional.

Silvia no dijo gran cosa. La que llevó todo el peso del encargo fue Clothilde, que le expuso la sospecha de negocios ilícitos de monsieur Lestaing y le proporcionó la fotografía recortada de la revista y copias de las borrosas imágenes de monsieur Thanos que había sacado, a escondidas, con el teléfono del móvil.

—Con esto no puedo hacer mucho —reconoció el chico, rascándose la cabeza.

—Sabemos también su nombre. Es monsieur Thanos.

—Odysseus Thanos —puntualizó Silvia, que por algún motivo se había guardado el nombre de pila del griego para ella sola hasta aquel momento.

Cuatro pares de ojos la miraron con interés.

—A veces eres de lo más enigmática, Silvia —reflexionó Clothilde.

Silvia repitió su encuentro con monsieur Thanos la noche anterior. El muchacho dijo que con aquel material era suficiente. Les dio su número a las cuatro y les pidió que si averiguaban cualquier otro dato, o veían al griego en algún lugar, no dudaran en comunicárselo.

Las conspiradoras se despidieron con miradas de inteligencia.

Cuando estaban a punto de salir, mientras se ponían los abrigos y aprovechando que Mathilde y Brunhilde estaban fumando fuera con Pierre, Silvia se atrevió a preguntarle a Clothilde, con tono casual, de dónde había sacado el teléfono de aquel detective.

—Me lo recomendó una conocida de mi barrio con la que coincido mucho en la peluquería. A veces nos hacemos confidencias y me dijo que gracias a este detective ella había descubierto enseguida que su marido le estaba poniendo los cuernos. Qué asco de hombres, ¿verdad? No sabes lo cielo que es ella.

Silvia tragó saliva.

—Sí, qué asco de hombres.

22

Ma liberté
GEORGES MOUSTAKI

En cuanto se quedó sola, Silvia tuvo que apoyarse un momento en una pared, tan intensa era la sensación de vértigo que se había adueñado de ella. No se había atrevido a preguntarle a Clothilde nada acerca de aquella mujer, ya que demasiada curiosidad podría haber levantado sospechas en su perspicaz compañera. Para tranquilizarse, se dijo que era probable que los detectives tuvieran muchísimos casos de ese tipo todas las semanas; la conocida de Clothilde no tenía por qué ser precisamente Giulia.

Pero quizá sí que se tratara de ella. Podría ser que Clothilde y ella fueran más amigas de lo que esta había sugerido. Quizá hubiera sido su compañera de trabajo la que ayudó a la italiana a redactar su contundente y dolorosa carta. Si eso fuese así, y descubriera que la amante del marido de su amiga no era otra que Silvia, nunca volvería a mirarla con los mismos ojos. Su opinión sobre ella cambiaría por completo. Si había algo que Clothilde les reprochaba especialmente a las famosas de las revistas, algo que nunca perdonaba, era que se entrometieran en la (supuesta) felicidad de una pareja consolidada. No tenía piedad hacia este tipo de situaciones y era incapaz de ponerse en el lugar de las amantes. Y, por supuesto, la culpa siempre era de ellas, de las mujeres.

¿Había sido ella la que había seducido a Alain? Desde luego, lo había intentado, del mismo modo que había hecho esfuerzos por gustarles a decenas de hombres a lo largo de los años. Pero solo Alain la había encontrado diferente a todas las demás. Solo él se había dejado fascinar. Solo él se había quedado con ella... aunque no *solo* con ella, por supuesto.

Quizá la dureza y la intolerancia de Clothilde se debieran a que nunca se había visto en una situación ni remotamente parecida, ya que apenas tuvo tiempo de experimentar antes de que diera inicio su relación idílica con André.

No, su compañera de trabajo, y amiga desde hacía años, nunca podría entender lo que había significado para ella la aparición de Alain. Estaba atravesando un momento terrible, con una depresión que le quitaba las ganas de vivir y que le hizo pensar varias veces en el suicidio. Llegar a los treinta y tantos y seguir estando sola, cuando la mayor parte de los amigos ya se han estabilizado, incluyendo a personas con peor carácter, menos inteligentes y menos atractivas, acaba por condicionar determinados elementos de la personalidad.

La gente que encuentra una pareja de larga duración, la gente que tiene hijos, una estabilidad emocional, una vida consolidada, no puede, por mucho que lo intente, ponerse en el lugar de alguien modelado por la soledad, la mala suerte, las malas decisiones. No tiene ni idea de los territorios oscuros, de los extremos de soledad y dolor que pueden alcanzarse. Es injusto que los solitarios sean juzgados por personas que nunca han padecido ese vértigo en toda su extensión.

Con las manos algo temblorosas, marcó el teléfono del detective.

—*Allô?*

—Buenas tardes, Pierre. Soy Silvia, una de las compañeras de Clothilde. Acabamos de tener una reunión…

—Sé quién es usted, Silvia —aseguró el detective.

Ella comprendió que la había reconocido desde el primer momento.

—Bien. Ante todo quisiera contarle algo que quizá ignore. Los datos que usted le proporcionó a Giulia…

Procurando mantener la voz firme, le contó la experiencia sufrida dos noches antes con la italiana. Narró los hechos de manera objetiva, tal y como sucedieron, sin imprimir a su voz un dramatismo innecesario. Y terminó diciendo:

—No sé si es una práctica frecuente entre detectives facilitar datos privados a sus clientes, pero creo que estará de acuerdo conmigo en que, en este caso, no ha sido una buena idea.

Pierre, que había escuchado atentamente, le respondió:

—Silvia, ¿sigue usted cerca del café? ¿Qué le parece si hablamos en persona?

Cinco minutos más tarde, ambos estaban sentados a la misma mesa, frente a dos tazas humeantes.

—Lo siento muchísimo —se disculpó Pierre—. Parecía una mujer tan sensata, tan centrada… Me contó que quería su dirección para verla a usted con sus propios ojos, y que ponerle cara, contemplarla como a una persona y no como a un monstruo, la ayudaría a superarlo. No tenía ni idea de que sus planes fueran otros… Nunca debería haberle dado la dirección.

Silvia le vio tan agobiado que sonrió para tranquilizarle.

—No ha sido para tanto. Fue un buen susto, eso sí, pero no creo que vuelva a hacer nada semejante. Al menos, eso espero. Ella sabe que yo también tengo sus datos.

—¿Cambió usted la cerradura?

Ella asintió.

—Por favor, permita que nuestra agencia corra con ese gasto. Es lo menos que podemos hacer.

Aquello le pareció muy considerado, de manera que aceptó.

—Entonces, ha tenido usted ocasión de conocer a Giulia. ¿Cree que hago bien si dejo de preocuparme?

Pierre se mordió un labio.

—Por lo que la conozco, parece una persona equilibrada. No creo que llegue a más, entre otras cosas porque le diré que estoy al tanto de lo sucedido y le recordaré que se trata de algo ilegal. Pero cuando la gente se siente amenazada hace cosas que no haría normalmente… Así que es probable que las acciones futuras de madame D'Ivoire dependan de que la aventura que mantiene usted con su marido continúe como hasta ahora o no.

Silvia, algo avergonzada, agachó la cabeza.

—No puedo darle respuesta a eso.

El detective respiró hondo.

—Lo comprendo. Sé que estos asuntos son complicados, sobre todo cuando se han prolongado durante tantos años.

Ante la mirada asombrada de ella, que no comprendía cómo había podido averiguar lo prolongado que había sido aquel *affaire*, él completó:

—Nuestro hacker intervino los equipos de monsieur D'Ivoire mientras estaba fuera de casa, con el consentimiento de su esposa.

Ella sintió que le faltaba el aire al pensar en todos los ojos que se habían posado sobre las palabras íntimas que ambos habían cruzado. Nunca había utilizado términos tan extremos, tan salvajes y tan ardientes como con Alain. Jamás se había entregado tanto por escrito a nadie.

—Una última cosa… Quisiera preguntarle si…

—Quiere saber si monsieur D'Ivoire tiene otras amantes, ¿verdad?

Silvia asintió, con las mejillas al rojo vivo.

Él la observó atentamente con una mirada compasiva y triste. Y en esa mirada estaba la confirmación que sus palabras le negaron.

—Esta vez soy yo el que no puede darle una respuesta, Silvia. Pero puedo asegurarle, sin temor a equivocarme, que usted se merece algo más que ese tipo.

23

Avec le temps
LÉO FERRÉ

Las palabras de Pierre causaron una profunda impresión en Silvia. En pocas ocasiones se había detenido a considerar la cuestión, toda su historia con Alain, desde el punto de vista de «merecer». Más bien lo había hecho desde la egoísta óptica de «desear» o «querer», que en realidad enmascaraba una necesidad inmadura y algo patética. Había una tremenda paradoja en eso de que se pudiera desear algo que no se merecía, para bien o para mal. Aquella idea sugería que en el atribulado mundo de los sentimientos no existía la justicia.

De la frase del detective se desprendía que este consideraba a Silvia demasiado buena para el trato que Alain le estaba proporcionando. Sin embargo, ella no se veía a sí misma como un ser humano especialmente valioso o loable, sino más bien como un pequeño desastre, una especialista en errores, una coleccionista de fracasos.

Sobre el papel, él era una persona mucho más digna de estima. Había conseguido un empleo en el que le pagaban bien y un matrimonio duradero, y tenía un aspecto físico mucho mejor que la mayoría de los hombres de su edad. Era respetado entre los aficionados como un periodista fidedigno y razonable, dentro del delicado margen de veracidad que pudieran tener los restos arqueológicos de la Atlántida o el origen alienígena de las calaveras de cristal. Para muchos sería ella, la insignificante Silvia, la que pudiera no ser digna de tan buen partido.

Pero ella sabía que Pierre tenía razón. No porque ella valiera más o menos que el encantador Alain, que seducía a todos aquellos que le conocían tras una sola conversación, sino porque ningún ser humano merece tanta incertidumbre acerca de cuestiones tan importantes en su vida.

La suposición, apuntada por Pierre, de que Alain tuviera otras amantes la puso de muy mal humor. Por supuesto que había pensado alguna vez en esa posibilidad. Conocía perfectamente el cuerpo de Alain, su manera de funcionar cuando llevaba tiempo sin hacer el amor y cuando no era así. En ocasiones percibía que él había estado con alguien poco antes, y eso le provocaba una molesta sensación de frío, porque esos encuentros desapasionados solían ir seguidos de unas semanas, a veces más de un mes, en las que Alain apenas daba señales de vida. Silvia siempre había creído que los períodos de mayor distanciamiento entre ellos se debían a los altibajos de su relación con Giulia. Ahora ya no sabía qué pensar.

De modo que *decidió* creer que él sí que había tenido, y quizá seguía teniendo, otras amantes. Ni siquiera estaba segura de ser la número dos en su lista. Tal vez a todas les decía que las amaba, les prometía un futuro de amor infinito y también que se iría a vivir con ellas cuando se divorciara de su mujer. Desde luego, si les dedicaba tan pocas horas al mes como a ella, le daba tiempo a tener unas cuantas.

Con el pulso tembloroso, cogió la caja en la que acumulaba los pocos recuerdos que tenía de su relación con él. Algunas entradas de cine, un par de billetes de tren, cuatro cartas y algunos pósits que él había dejado por su casa a modo de juego cariñoso. Afortunadamente, eran cosas de papel.

Fue a la cocina en busca de una olla pesada, la situó debajo de una ventana abierta y empezó a quemar cada papel después de leerlo por última vez, dejándolo caer en el recipiente metálico. Al cabo de unos minutos tenía un montón de cenizas, pero las palabras no habían desaparecido porque estaban grabadas en su memoria de tal modo que podría recitarlas de principio a fin.

Una gruesa lágrima cayó sobre las cenizas.

En ese preciso momento sonó el timbre.

Ella se apresuró a esconder la olla dentro del horno pensando que quizá se tratara de Isabel o de alguna vecina. Se lavó la cara en el fregadero, y caminó hacia la entrada tratando de componer una sonrisa.

Pero entonces oyó la voz de Alain.

—¿Silvia?

Se detuvo en seco, aterrada y esperanzada al mismo tiempo.

—Siento mucho no haberte llamado… he tenido problemas en casa. Problemas graves. Las cosas están cambiando.

Ella trató de no hacer ningún ruido, aunque era evidente que él sabía que estaba en casa. Las luces encendidas se veían desde la calle y seguramente la habría oído caminar hacia la cocina antes de llamar.

—Necesito hablar contigo para poder tomar decisiones —continuó él—. No puedo hacer esto solo.

A ella le dieron ganas de gritarle que esa decisión solo la podía tomar él, y que debería haberlo hecho hacía muchísimo tiempo. Utilizarla a ella para «poder» decidir no era más que una excusa para después hacerle reproches y culparla del fracaso de su matrimonio.

Cuántas veces había tenido que escuchar Silvia lo mal que le iba con su temperamental esposa... Cuántas horas haciendo de psicóloga, mostrándose comprensiva con un tema que le roía el alma. Había aguantado el relato minucioso de discusiones, la narración encadenada de problemas recurrentes, lo violento de los celos de ella y de su obsesión por controlarle y poseerle. A cualquier otra persona, amigo o desconocido, le habría aconsejado que se separara. A Alain no se lo recomendó ni una sola vez.

Silvia le había dejado claro que en cuanto lo dejara con Giulia, ella estaría dispuesta a comprometerse con él de todas las maneras posibles, de ofrecerle su casa. Más no podía hacer. Pero no estaba dispuesta a que él la utilizara para decidir «a medias», entre los dos, algo que no era competencia de ella, ni podía serlo.

Alain no habló durante un tiempo, pero ella seguía sintiendo su presencia inmóvil al otro lado. Deseaba abrir esa puerta con cada fibra de su cuerpo. Nada le produciría más felicidad, en aquel momento, que poder refugiarse en los firmes brazos de Alain y olvidarse del mundo, de lo correcto, de lo erróneo, de quién merece a quién. Todos esos conceptos no tendrían importancia porque habría caricias, calor, pasión; el aturdimiento del amor. Las drogas más intensas que existen.

Sin embargo, solo duraría un instante y después él volvería a marcharse, como había sucedido tantas veces. Tenía que ser fuerte porque, después de todo, ella no se merecía aquello, y no estaba dispuesta a traicionarse a sí misma por mucho que lo deseara su cuerpo. De modo que se repitió la frase de Pierre una y otra vez en su cabeza, como un pegadizo motivo musical, para conseguir resistir.

Así debió de sentirse Ulises, encadenado al mástil del barco, mientras escuchaba el doloroso canto de las sirenas.

Al cabo de unos minutos, Alain volvió a hablar:

—Te he escrito un mensaje. Si cambias de opinión y deseas verme, estaré cerca de aquí.

Silvia no fue capaz de respirar en condiciones hasta que oyó que sus pasos se alejaban. Solo entonces se decidió a mirar el teléfono. Alain le había mandado un mensaje desde otro número para asegurarse de que lo recibiera. Esto dio que pensar a Silvia: ¿acaso siempre había tenido otro móvil, quizá uno de la empresa, cuya existencia ella desconocía, o lo habría comprado para conseguir llegar a Silvia? Todo lo relacionado con aquel hombre activaba en ella sensaciones paranoicas. Leyó el largo mensaje. Este le hablaba de momentos concretos que habían vivido juntos, de situaciones íntimas, solo conocidas por ellos dos. El talento para la escritura del experto redactor hacía que sus mensajes fueran aún más eficaces, si eso era posible, que su voz de terciopelo.

Recordó las palabras de monsieur O'Flahertie acerca de los espejos de uno mismo en los otros y trató de refugiarse en la imagen positiva que tenían de ella sus amigas más cercanas. Tenía que conseguir convertirse en la Silvia fuerte e independiente que ellas creían que era, o sabían que podía llegar a ser.

Quizá el amor no fuera nada más que algo animal, el impulso de la carne y la obsesión que esta provoca. Pero si había algo más potente que la propia biología, si eso existía, tenía que ser la amistad.

Al contrario de lo que solía ser habitual, fue Silvia quien llamó a Isabel, que la saludó con cariño. Charlaron un rato de temas intrascendentes y Silvia se sintió mucho mejor, como si la normalidad regresara paulatinamente a su mundo.

—Isabel —le confesó Silvia, al cabo de un rato—, quiero contarte algo. Hoy ha estado aquí Alain y no le he abierto la puerta.

Su amiga guardó silencio.

—¿Y cómo te encuentras?

—Bien. Esto ha pasado muy pocas veces, ¿sabes? Normalmente no era capaz de resistirme, aunque supiera que no me hacía bien verle.

—Estoy orgullosa de ti. Es el primer paso para quererte más a ti misma.

Silvia resopló.

—Todo el mundo habla de «quererse a sí mismo»,

pero nadie te explica cómo se hace eso o qué pasos hay que seguir.

—Seguro que hay muchos libros al respecto —bromeó Isabel—. Vamos a ver, cariño, no es tan difícil. ¿Tú cómo les demuestras amor a los demás?

Aquello pilló desprevenida a Silvia.

—Pues no sé... haciéndoles caso, dedicándoles tiempo, regalándoles algo...

—Y a los hombres con los que estás, ¿cómo les expresas que los quieres y que deseas lo mejor para ellos?

Aquella era una pregunta bastante privada y Silvia solo la respondió parcialmente.

—Acariciándolos, escuchándolos, abrazándolos, diciéndoles las cosas que me gustan de ellos...

—Bueno, pues todas esas cosas son las que tienes que hacer para quererte a ti misma. Escucharte, darte tiempo para oír de verdad lo que te piden tu mente, tu espíritu y tu cuerpo. Dedicarte tiempo y hacer las cosas que te gustan solo para sentirte bien tú, sin excusas, sin necesidad de complacer a nadie más. Acariciarte, piropearte, abrazarte...

—¿Abrazarme? ¿Yo sola?

—Claro que sí. Pruébalo. Te envuelves en tus propios brazos y transmites todas las emociones que comunicas cuando abrazas a alguien querido.

—Pero eso no vale... no puede haber transmisión de cariño si este sale y acaba en el mismo sitio.

—Ay, los científicos... el cariño no es como la electricidad. Es un tipo de energía mucho más difícil de cuantificar y de medir. Y por supuesto que puede, y debe, terminar en el mismo sitio del que sale. Tras cada abrazo que das, tú también te quedas más colmada de buenas sensaciones, ¿verdad?

—Sí, pero...

—No discutas tanto. Pruébalo, y ya me dirás. Yo utilizo muchas veces esa manera de recordarme que estoy aquí, que soy digna de ser querida. Confía en mí.

Silvia asintió, pensando que quizá aquello funcionara como lo de forzar la sonrisa para recibir las serotoninas que esta produce. Charlaron otro rato, le prometió a su amiga, que tenía un compromiso, cuidar de Isolde aquel viernes y se despidieron con una nueva felicitación por parte de Isabel hacia Silvia por haber sido capaz de resistir.

Después esta llamó al consejero literario y consiguió una cita para el jueves siguiente.

Al meterse en la cama, con cierta curiosidad por saber si aquello de abrazarse a sí misma funcionaría, Silvia se rodeó con los brazos. En ese momento sintió una calidez y una protección puras, completamente desprovistas de tensión o ansiedad. Se refugió en aquel cálido lazo hasta caer dormida.

24

C'est écrit
FRANCIS CABREL

—¡Silvia, *ma chère*! ¡Cómo me alegro de verla! —dijo monsieur O'Flahertie.

A ella le volvió a sorprender la exuberancia del irlandés. Llevaba una americana de terciopelo que en otro hombre habría resultado excesiva pero que él lucía con una naturalidad pasmosa.

—Tenemos mucho de que hablar. Ante todo, el libro de Calvino. ¿Qué le pareció? ¿Quiere una taza de té? ¿Le importa que nos sentemos al lado de la ventana?

Ella aceptó una taza de delicioso chai, el té indio con cardamomo, anís y canela, con leche, y se sentó con él frente a uno de los balcones.

Monsieur O'Flahertie observaba con tanta concentración a los paseantes que por un momento Silvia temió que no estuviera prestando demasiada atención a sus palabras. Sin embargo, él respondió de manera que quedaba claro que no solo la había escuchado, sino que ya le había dado tiempo a reflexionar profundamente acerca de lo que le había dicho. Silvia envidió la facilidad mental de aquel hombre que ni siquiera estaba manteniendo la conversación en su lengua materna.

—Permítame felicitarla por sus conclusiones respecto al libro, Silvia. Sabía que podía contar con su complicidad. Todos los lectores tenemos un velo invisible que nos protege de la realidad, y a veces ese velo es tan espeso que es posible sentirlo. Yo la reconocí a usted nada más verla… una *letraherida* tan dentro de sus historias que piensa que la realidad debería plegarse a las mismas reglas de la ficción.

Ella sacudió la cabeza algo incómoda, mientras él seguía diciendo:

—La mayoría de las enfermedades nos las causamos nosotros. Por eso, para curarlas, hace falta una herramienta capaz de penetrar en lo más secreto, en lo más vulnerable de nosotros mismos. ¿Existe algo que pueda llegar más adentro, calar más profundamente en el alma que un libro? Solo lo que nos hace mella puede levantar lo enquistado, rascar lo podrido. El miedo al dolor solo puede combatirse con un dolor cálido, sin miedo. Hoy vamos a hacer una cosa diferente. Puede llamarlo «invocación», si lo desea. Pero no se asuste, Silvia, no ponga esa cara… Vamos a solicitar la ayuda de alguien que ya no está entre nosotros, pero que siempre lo ha estado y lo seguirá estando gracias a que tuvo la generosidad de comunicarnos cuáles eran los monstruos de su mente. Permítame que le presente a mi amiga Mary.

Sin dejar de hablar, con un gesto lleno de gracia y coquetería, monsieur O'Flahertie deslizó de una las estanterías tres pequeños tomos encuadernados en piel, de aspecto muy antiguo.

—Este no se lo puedo regalar... —dijo con una sonrisa—. Pero estoy seguro de que tiene usted otro ejemplar en su casa, uno a cuyas páginas ha regresado varias veces. ¿Me equivoco?

Cuando él se los pasó para que los hojeara, Silvia advirtió que se trataba de la primera edición de *Frankenstein o el moderno Prometeo*, de Mary Shelley.

—Pero esto es una joya —susurró Silvia, acariciando aquel pedazo de historia.

—En el siglo XIX era frecuente que los libros aparecieran en varios tomos. Y sí, tengo mucha suerte de poder contar entre mis posesiones con este tesoro. Los libros tan antiguos tienen su propia magia, ¿no cree usted, Silvia?

Ella no respondió. Seguía absorta en el tacto y el olor de aquellas páginas. Era como sumergir los dedos en historia pura.

—Lo que vamos a hacer ahora, Silvia, es pedirle a Mary que nos dé un consejo. Ella no goza ya de una voz física, pero sí posee el canto resonante e indestructible de sus inmortales palabras. Así que dejemos que el azar, que quizá no sea tal, nos conduzca a ellas.

—¿Qué tengo que hacer? —preguntó, con un hormigueo de anticipación.

—Con los ojos cerrados, escoja uno de los tres tomos. Después, sin abrirlo, pase las hojas hasta que una de ellas parezca transmitirle un mensaje. Tiene que tratarse de una sensación real, de reconocimiento. Por último, deslice el dedo índice por la página hasta que encuentre el punto exacto en el que debe detenerse. Entonces sabremos que hemos hallado la frase adecuada.

Silvia, con cierta prevención por el tono místico y sobrenatural que estaba tomando todo aquello, siguió las instrucciones del terapeuta. Cerró los ojos, eligió un tomo y dejó que sus manos se volvieran sensibles a aquellas energías tan poco científicas, pero que en aquel momento estaba percibiendo de un modo tan real.

Absorbida por esas sensaciones, apenas se dio cuenta de que la yema de su dedo índice ya se había detenido en un lugar concreto.

—*Excellent* —oyó que decía monsieur O'Flahertie—. No hace falta que abra todavía los ojos, *ma chère*.

En la oscuridad, las palabras del consejero dibujaron volutas de sonido. Era maravilloso oírle leer en su idioma nativo. La manera que tenía de interpretar los enunciados y las imágenes e intenciones que convocaba gracias a los matices de su tono de voz eran como un masaje sonoro.

—*I had admired the perfect forms of my cottagers —their grace, beauty, and delicate complexions; but how was I terrified when I viewed myself in a transparent pool! At first I started back, unable to believe that it was indeed I who was reflected in the mirror; and when I became fully convinced that I was in reality the monster that I am, I was filled with the bitterest sensations of despondence and mortification. Alas! I did not yet entirely know the fatal effects of this miserable deformity.*

Silvia reconoció el pasaje: era la voz del monstruo. En aquella escena contemplaba su reflejo por primera vez, y al mismo tiempo que se asustaba de su propia fealdad empezaba a comprender el rechazo que había causado en otros sin saber el motivo.

—El pobre deforme comprende que esa terrible imagen es la suya —comentó monsieur O'Flahertie, de nuevo en francés—. Qué terrible momento…

Sí. Era terrible comprender la verdad sobre uno mismo. Y Silvia lo sabía porque le había sucedido recientemente.

—Y bien, Silvia, ¿ha acertado con su mensaje nuestra amiga Mary?

Los ojos del consejero se clavaron en ella como si fueran capaces de percibir hasta el último rincón de su alma.

Ella bajó la mirada y respiró hondo. No resultaba sencillo hablar de todo aquello.

—Hace poco… hace muy poco, de hecho, he tenido ocasión de verme a mí misma desde fuera. El punto de vista de otras personas me ha mostrado una imagen… una versión de mí misma que no era la que yo esperaba.

Él guardó silencio. A pesar de que no podía verle, Silvia sintió el peso de su penetrante y lúcida mirada.

—Me he encontrado con mi propio reflejo y he comprendido que para algunas personas podría ser un monstruo. Quizá para mí misma también, y quizá siempre lo he sabido, porque ¿qué otro motivo podría tener para no contarles nada sobre mi vida privada a las personas a las que veo todos los días, con las que hablo sin problemas de cualquier otra cosa?

—¿Ha hecho daño a alguien? —le preguntó la voz dulce, infinitamente comprensiva, del irlandés.

Silvia tardó un poco en responder.

—Sí… parece ser que sí. Desde otro punto de vista,

yo no he engañado a nadie… estoy un poco confusa a ese respecto.

—¿Ha permitido que alguien le haga daño a usted?

—Sí —contestó contundente, sin rastro de duda.

Él no le había pedido que lo hiciera, pero Silvia sintió la necesidad de contarle su historia con Alain. Cuando terminó, ambos se quedaron en silencio.

—Monsieur O'Flahertie, ahora lo sabe todo. Dígamelo usted, por favor. Dígame si he hecho daño a alguien. Dígame si he hecho mal.

Él se acercó a ella y puso una mano sobre su hombro.

—La verdad no está grabada en mármol, Silvia. Como acaba de plantearme una pregunta cuya respuesta nadie conoce, vamos a imaginar que ambas cosas son verdad. Al mismo tiempo usted cometió un error y no lo cometió. Y tiene que utilizar esas dos ideas. Hoy tiene que actuar como si no hubiera hecho daño a nadie, y recuperarse sin el lastre de esa culpabilidad. Pero mañana, dentro de un tiempo, sería más prudente que sintiera que sí que hizo daño, empezando por el que se ha causado a sí misma.

—Eso… ¿eso no es como hacer trampa?

—Por supuesto. —Sonrió—. Pero se trata de una trampa legítima porque la va a llevar a estar mejor tanto en el presente, en esta crisis puntual, como en el futuro, conduciéndola por un camino más lógico y razonable.

—Así que en realidad no sé si soy un monstruo —susurró ella.

—Todos somos el monstruo —aseguró él, solemne—. Todos somos Frankenstein. Basta con mirarnos en el espejo adecuado para que resulte evidente. Estamos hechos de pedazos de cosas muy diferentes, todos tenemos partes que han muerto y que han renacido. Todos ocultamos cosas, todos nos escondemos, y en muchas situaciones nos da miedo mostrarnos tal y como somos. En todos nosotros hay una parte agresiva. Es muy frecuente proteger a los demás de ella volviéndola contra uno mismo. En esta agresión que viene de dentro, y que tanto sufre el monstruo de Frankenstein, se cimienta la poca autoestima.

Silvia concentró toda su atención en escucharle y en absorber esas palabras. Dio permiso a su cerebro para olvidar los instantes de pasión con Alain que había atesorado durante años si, a cambio, podía retener tan solo una parte de todo lo que aquel hombre maravilloso le estaba diciendo. El eco que esas palabras estaban encontrando en su interior hacía que se sintiera ligera y cálida, disolviendo la angustia.

—La poca autoestima, *ma chère*, tiene una parte de búsqueda inconsciente del castigo y el reproche. Hay cierta recompensa en esa atención, aunque sea negativa; un goce prohibido al explorar los límites, al sentirse un marginado, un incomprendido. Y uno cree que ha perdido el derecho a actuar porque no se siente parte de ellos. Y cuando no puede actuar, cuando sus vías de acción están bloqueadas, cuando le cortan las alas, empieza la obsesión.

Silvia estaba completamente alerta, con los ojos abiertos como los de un cachorro.

—Como le sucede al monstruo, como nos sucede a

todos los monstruos, la clave está en conseguir la propia supervivencia emocional. Y esto solo se logra actuando, encontrando la manera de actuar. «*Everyone is a moon and has a dark side which he never shows to anybody*», como decía Mark Twain. Todo el mundo es una luna, y tiene un lado oscuro que jamás le muestra a nadie. Lo primero es ser capaz de percibir esa oscuridad en uno mismo, y ese paso, mi querida Silvia, usted ya lo ha dado.

Y entonces ella comprendió, sin sombra de duda, que el hombre que pronunciaba esas palabras había estado en el lugar en el que ella se encontraba en aquel momento, alguien que conocía mejor que nadie el agujero de la culpa, de la vergüenza; alguien que se había perdido el respeto y que se había fallado a sí mismo una y mil veces. Y supo que, precisamente por eso, sería capaz de sacarla de allí.

Ya en la escalera, se dio cuenta de que monsieur O'Flahertie no le había recomendado ninguna lectura para la siguiente sesión. Desanduvo sus pasos, pero se encontró con la puerta cerrada. Llamó un par de veces y al no recibir respuesta, decidió que sería mejor no molestar. Sin embargo, aquello le resultó algo extraño, ya que en aquel breve período de tiempo no había visto entrar ni salir a nadie.

25

Tombe la neige

SALVATORE ADAMO

Al llegar el viernes, Silvia fue a recoger a Isolde a casa de Isabel.

El apartamento de su amiga estaba en un barrio tan caro que lo esperable habría sido que llovieran perlas y diamantes. Tenía tres salones consecutivos, cada uno de un color, y los tres tenían vistas al antiguo y aristocrático jardín de las Tullerías.

—¡Silvia! —exclamó Isabel recibiéndola—. No sabes cómo te agradezco el favor. Isolde no ha parado de hablar de las ganas que tiene de poder pasar una tarde contigo, ¿verdad, pollito?

—Mamá, no me llames «pollito» —dijo Isolde, severa—. Ya no tengo ocho años.

Su madre la observó divertida.

—Eso es cierto, tienes la venerable edad de... ¡doce! ¿Puedo llamarte ya gallinita? ¡Ven aquí, gallinita mía! ¡Clo, clo, clo!

Isabel se puso a perseguir a su hija para hacerle cosquillas. A Silvia nunca dejaba de sorprenderle cómo era posible que de una madre tan alegre y vital, que en muchos momentos parecía incluso demasiado alocada, hubiera podido salir una niña tan solemne y meditabunda. En cuanto su madre hubo abrigado a su «gallinita» con varias capas de prendas, esta se apresuró a dar la mano a Silvia.

—Ya sé adónde quiero ir esta tarde —le dijo—. Al cementerio del Père-Lachaise.

Silvia miró a Isabel, buscando su opinión al respecto. Esta se mostró un poco desconcertada.

—Quiero visitar la tumba de Oscar Wilde.

Su madre enarcó las cejas.

—Me gustan tanto sus libros... y como normalmente eres tú quien me los regala, me ha parecido adecuado que me lleves a conocerlo.

—Cariño —le dijo su madre—, ¿crees que es apropiado para una ni... para una jovencita de tu edad visitar tumbas y cementerios? ¿No prefieres ir a una heladería o a patinar?

Pero Isolde ya había tomado su decisión.

—He mirado en internet cómo se va por si tú no lo sabías —le dijo a Silvia, tendiéndole un folio en el que había anotado cuidadosamente las instrucciones.

Isabel suspiró, e hizo un gesto a Silvia que significaba «qué le vamos a hacer».

—Está bien —transigió.

Isolde sonrió de oreja a oreja.

Cuando llegaron al cementerio, ya estaba oscureciendo.

—Es precioso, ¿verdad? —suspiró la niña—. Todas

las almas de los grandes poetas viven aún en estas estatuas.

Silvia no supo qué contestar. Su mentalidad racional le impedía creer en almas y espectros, pero las sensaciones que experimentaba al caminar por allí eran de una intensidad... como de lugar sagrado. No tenía sentido intentar describirlas, y seguramente solo se debieran a la sugestión.

Se pusieron a caminar en busca de la tumba y Silvia se dio cuenta de que, a pesar de llevar años viviendo en París y de que aquel era uno de sus escritores favoritos, nunca se le había ocurrido ir a ver su tumba.

En realidad, no era demasiado aficionada a los cementerios. Le parecía que allí había algo truculento, inhóspito. Cuando no había tenido más remedio que visitar alguno sentía cosas raras, vientos imposibles, presencias inquietantes. Tal vez se tratara de un exceso de sugestión o, como aseguraba Alain, que siempre decía que aquel era uno de los rasgos que más le habían atraído de ella, de una extraordinaria sensibilidad hacia lo sobrenatural. «Es una lástima que no quieras desarrollar esas capacidades. Podrías ser una médium excelente», le había dicho él.

Silvia sentía escalofríos cada vez que escuchaba aquellas cosas. No tenía ningún interés en poseer habilidades particulares porque no las iba a aprovechar. Para ella, la ciencia había sido un punto de apoyo en la vida. Le había proporcionado certezas, verdades puras, y grandes satisfacciones cada vez que esas verdades habían sido descubiertas o reveladas, aunque fuera en parte, por ella misma.

Alrededor de la tumba de Oscar Wilde había todo tipo de objetos: velas encendidas, flores frescas y secas, cartas de amor o de agradecimiento al escritor. Silvia, por curiosidad, se puso a leer algunas. Una era de dos jubilados ingleses que se habían conocido en un grupo de teatro de mayores representando *El abanico de Lady Windermere*, y se habían enamorado. Otra había sido escrita por una mujer noruega que decía que los libros de Oscar Wilde habían salvado del suicidio a su hijo adolescente.

Una tarjeta aseguraba: «El mal de amores es como una gripe que parece que va a durar para siempre. Pero solo hay que darle un poco de tiempo y dejar que pase».

Silvia sonrió. Aquella tarjeta era muy sabia, y lo mejor que podía hacer para olvidarse de Alain era seguir su consejo y no angustiarse ante una pérdida que, según cómo se mirase, podía ser una ganancia.

Entonces se volvió hacia Isolde y vio que esta sacaba una barra de labios de su bolsito.

—¿Te estás pintando los labios de rojo? —le preguntó Silvia—. Nunca te había visto maquillarte. No creo que ese color sea adecuado para tu edad…

Isolde sonrió. La lápida estaba protegida por una pared de metacrilato, pero eso no impidió que la muchacha la escalara para depositar un beso en la piedra.

—¿Qué haces? —le preguntó Silvia, alarmada.

—No te preocupes, no me ha visto nadie. He leído en internet que durante muchos años esta tumba estaba siempre cubierta de marcas de besos, hasta que la protegieron. No es justo que por haber nacido más tarde yo no tenga la oportunidad de dejarle uno, ¿verdad?

Silvia, preocupada, miró a un lado y a otro, y se tranquilizó al ver que no había ningún vigilante por allí. Isolde, con una gran sonrisa de satisfacción en sus labios rojos, cerró los ojos y se puso a rezarle a su escritor preferido.

26

Maintenant je sais
JEAN GABIN

Ya era casi de noche cuando sonó el teléfono. Silvia lo miró de refilón, temiendo y deseando al mismo tiempo que se tratara de Alain. Pero no era él.

—Hola, Clothilde —la saludó, con cierta sorpresa. Su compañera de trabajo no solía llamar a esas horas.

—Me acaba de contestar el detective —dijo, muy nerviosa—. Dice que ya tiene algo que contarnos, pero que prefiere hacerlo en persona. No ha querido avanzarme nada, ¿te parece normal? He quedado con él y con las demás en el Starbucks de Les Halles dentro de veinte minutos.

—Allí estaré —prometió Silvia.

Se desprendió de las zapatillas y la bata a toda prisa, se dio una ducha rápida y se enfundó un vestido de punto y un echarpe. Echó los tres o cuatro artículos imprescindibles de maquillaje en una bolsita y la guardó en su bolso para pintarse de camino.

—¿Adónde vamos? —le preguntó el taxista.

—A Les Halles, por favor.

El conductor gruñó mientras daba un volantazo.

—Tenga cuidado con ese lápiz de ojos, señora.

Silvia suspiró. Si se sacaba un ojo no sería culpa del lápiz, sino de la brusquedad de aquel hombre en la conducción.

Entró en el modernísimo centro comercial, con sus lujosos jardines colgantes y amplios espacios, y suspiró al recordar cómo era aquel mercado en las fotos de la época. No era que estuviera en contra del progreso, pero le gustaba más antes.

Clothilde y el detective ya estaban esperando sentados a una mesa. Al llegar Silvia, su compañera le pidió al detective, con cierta ansiedad, que les adelantara algo de información, pero él respondió que ya que habían sido las cuatro quienes le habían contratado, no hablaría hasta que todas estuvieran allí.

Brunhilde llegó despeinada y con los pantalones del pijama debajo de la falda. La última en aparecer, impecablemente arreglada, peinada y maquillada, fue Mathilde. El cruce de miradas entre ella y el detective no se le escapó a ninguna.

—Bueno, ya que estamos todos, quisiera comunicarles los resultados del estudio que encargaron.

—Excelente —dijo Clothilde—. Le felicito por su rapidez y eficacia, y le agradezco que nos haya atendido a estas horas. ¿A qué se dedica ese griego?

—Trabaja para una empresa de servicios funerarios.

Las compañeras se miraron unas a otras, un poco perplejas.

—¿Perdone?

—Es fundador de la casa Thanos, S. A., dedicada desde sus inicios a proveer de una gran variedad de servicios a personas que están cerca del final de su vida. Su especialidad son los cursos de aceptación para enfermos terminales.

Clothilde se puso pálida. Silvia tragó saliva. Brunhilde, tan despistada como siempre, no había acabado de comprender lo que estaba sucediendo. Y Mathilde miraba embelesada la boca del detective sin procesar una sola de las palabras que salían de ella.

—Significa eso que… —preguntó Silvia.

Pierre asintió con la cabeza.

—Mucho me temo que su jefe, monsieur Lestaing, padece un cáncer en un estado muy avanzado. Puede que solo le queden unas semanas de vida.

Mathilde y Brunhilde regresaron a la realidad componiendo sendos rostros de espanto.

—¡No puede ser! —exclamó Mathilde.

—¡Pobre monsieur Lestaing! —susurró Brunhilde.

—Y nosotras pensando que iba a malvender la empresa para pegarse una jubilación de lujo… —dijo Silvia.

Se hizo un silencio. Clothilde fue un momento al cuarto de baño.

—Somos malas personas —dijo Mathilde, mirando al suelo.

—En absoluto, mademoiselle Dupond. En su situación era completamente legítimo que desearan estar informadas. Si quiere que le sea sincero, dada mi experiencia, era más probable que hubiera sucedido algo como lo que ustedes imaginaban… que la triste verdad.

Brunhilde sacudió la cabeza.

—Entonces, las visitas del griego ¿eran una especie de terapia?

—Así es, mademoiselle Leclerc. Se trata de unas sesiones especiales para conquistar la serenidad en esos últimos días y para dejar las cosas bien organizadas. La publicidad asegura que incluso pueden ayudar a subsanar errores del pasado.

Y, disimuladamente, le puso una mano sobre la falda para consolarla.

Clothilde regresó del baño. Estaba más tranquila y trataba de sonreír, aunque su boca estaba tensa y sus ojos temblaban. ¿Por qué sonreía en un momento como aquel?

Entonces, de repente, Silvia lo comprendió todo. Clothilde sonreía porque llevaba toda la vida haciéndolo. Sonreía para disimular, para ocultar algo. Tensaba la boca automáticamente, componiendo una máscara que hacía invisible su verdadero estado de ánimo. Pero a ella no podía engañarla por más tiempo. Llevaban siendo compañeras demasiados años. Silvia conocía cada una de sus expresiones, sus tics y sus síntomas.

Clothilde estaba destrozada. Más hecha polvo que cuando murió su madre, peor que aquella vez que metieron a su sobrino en la cárcel. Y estaba destrozada porque le acababan de dar la peor noticia que puede recibir una persona.

Silvia dio un sorbo a su taza de té para que nadie adivinara sus pensamientos. A pesar de su matrimonio ejemplar con André, Clothilde estaba enamorada de monsieur Lestaing. Quién sabía si habrían sido amantes en el pasado, como había escuchado alguna vez sin darle importancia al rumor; quién sabía si aún lo seguían siendo. Por eso Clothilde había puesto en marcha aquella investigación, por eso se había implicado tanto. Sospechaba que estaba pasando algo grave y no sabía de qué se trataba. Monsieur Lestaing se lo había ocultado incluso a ella.

Y por eso se había pasado la vida criticando a los que eran infieles… Para cubrir su propio amor ilegítimo, fuera este correspondido o no.

—Bueno, ¿y qué hacemos ahora? —preguntó Brunhilde.

—Lo primero es pagar a Pierre sus honorarios —dijo Clothilde—. Y lo segundo… no tengo ni idea. Ya se nos ocurrirá mañana. Hoy ya es muy tarde para casi todo.

Y pronunció aquella frase de una manera tan triste que hizo que a Silvia se le estremecieran las entrañas.

27

Et pourtant
CHARLES AZNAVOUR

El edificio de Thanos, S. A., estaba a las afueras, cerca del Bois de Boulogne. Silvia tardó tres horas en llegar. Cuando estuvo delante del edificio, se quedó en la puerta sin saber muy bien qué hacer.

Todo había sido idea de Clothilde. Llamar a Odysseus Thanos, pedirle una cita y enviar a Silvia como embajadora de los empleados para que les dieran algunos consejos ante la delicada situación de monsieur Lestaing y saber cómo podían ayudar.

La decisión de Clothilde de no acudir ella misma no hacía sino confirmar la impresión de Silvia de que entre ella y el jefe había habido más que memorandos y escaletas. No presentarse allí, arriesgándose a perder la compostura de nuevo, y enviar en su lugar a su persona de confianza era la famosa mano izquierda de Clo. De esa Clo que también guardaba secretos.

La sede de la empresa funeraria era un antiguo palacete del siglo XIX. En el exterior había aparcados numerosos coches fúnebres. La mayor parte eran de color negro, de estilo clásico, pero había uno en forma de guitarra de rock, otro de color verde como cubierto de hierba y uno blanco que parecía estar destinado a llegar directamente al cielo.

En el vestíbulo la recibió un amable asistente que le ofreció una bebida caliente mientras monsieur Thanos terminaba con una reunión. Silvia aceptó una menta y se dedicó a observar los cuadros y los arreglos florales, todos de un gusto exquisito, que decoraban el espacio.

—Tome usted el ascensor hasta la cuarta planta —le dijo el recepcionista cinco minutos después.

Silvia se dirigió hacia el elevador de diseño y pulsó el botón. Cuando sus puertas se abrieron, encontró dentro a monsieur Thanos.

—Mademoiselle Patiño. —La recibió con una media sonrisa. Sabía exactamente quién era—. Acompáñeme, por favor.

Silvia sintió que se le encendían los carrillos. ¿Por qué había sido tan estúpida el día que se encontraron en la *rive gauche*? El mero hecho de pensar que alguien pudiera ser una especie de gánster no debería ser motivo para no darle conversación. O para no coquetear un poco con él.

Mientras pensaba esto, se descubrió a sí misma colocándose un mechón de pelo con un gesto de lo más seductor.

—Mademoiselle Souchon me ha puesto al corriente de sus… inusuales métodos para descubrir la naturaleza de mi relación con monsieur Lestaing.

—Lo sentimos muchísimo, monsieur Thanos. Ante

todo, y en nombre de mis compañeras, quisiera pedirle disculpas por...

—No es necesario. Comprendo su preocupación. Venga por aquí, si es tan amable. Me gustaría mostrarle cómo trabajamos.

En aquella empresa tenían una solución para cada tipo de problema relacionado con los últimos días de una persona. Monsieur Thanos la llevó a una sala de muestras llena de ataúdes. Cada uno representaba un último deseo: los había en forma de piscina, de coche de carreras, de piano, de casa de duendes o hobbits, e incluso de gigantesco capullo de mariposa.

—No se imagina usted hasta qué punto les consuela a muchos de nuestros clientes saber que van a pasar la eternidad en un lugar amable, escogido por ellos. La mayoría de estos modelos son personalizados y están hechos a medida. Uno de nuestros últimos clientes se echó a llorar cuando vio su réplica perfecta del *Halcón Milenario*. Utilizamos los afectos que las personas han cultivado durante toda su vida para hacer que el último tránsito sea menos traumático.

—¿Y a la familia no le parece... poco serio?

—El humor es una defensa natural contra la preocupación y la tristeza. En muchos de nuestros funerales se solicita el servicio de cómicos profesionales, que a veces están camuflados entre los invitados.

Monsieur Thanos le mostró catálogos de catering con «tartas de funeral» y le estuvo hablando del servicio de «últimos viajes», que diseñaban concienzudamente para que los clientes pudieran despedirse de sus seres queridos, o bien escoger el lugar del mundo en el que deseaban fallecer.

—Nos ocupamos de la muerte mucho antes de que esta suceda. Incluso tenemos un programa de prevención de suicidios —le explicó monsieur Thanos, ya en su despacho.

Le estuvo contando innumerables anécdotas de la profesión. La de la anciana que había pedido que sus perros fueran sacrificados porque nadie podría cuidarlos en su ausencia, y cómo en la empresa les encontraron un nuevo hogar. La del anciano viudo que pidió que retiraran de su casa cualquier cosa que le recordara a su esposa porque le resultaba muy doloroso, pero que volvió al día siguiente a buscarlo todo temiendo que lo hubieran tirado, cosa que no habían hecho. La del equipo de rugby que había solicitado una licencia para enterrar a uno de sus miembros en su campo, y la sutil batalla legal que hubo que librar para conseguirlo.

Después de hablar con él durante más de una hora, Silvia se sentía mejor.

—Ahora que ya sabe usted que no soy un estafador ni nada por el estilo, y que, por lo tanto, su integridad estaría razonablemente a salvo en mi compañía, me gustaría pedirle una cita.

Silvia se quedó sin aire. No esperaba aquella propuesta repentina.

Abrió la boca para declinar la oferta, y entonces le sucedió algo de lo más curioso: le pareció que la boca se le cerraba sola, como si una mano invisible le hubiera presionado suavemente la mandíbula desde abajo.

Observó a monsieur Thanos, completamente vestido de negro. Su postura era serena, y su lenguaje corporal transmitía seguridad y entereza. Sin embargo, cuando sus ojos se cruzaron con los de él, percibió un destello de vulnerabilidad. Y otro de deseo.

El brillo en esa mirada, en las remotas profundidades de aquellos ojos negros, la estaba invitando a algo que iba mucho más allá de una cita. Sintió que la apuesta que estaba haciendo aquel hombre, que lo que él se estaba jugando con aquella pregunta, no era solo una cena agradable en un restaurante.

Aquello la asustó. Pero en lugar de permitir que su mente empezara a elaborar excusas para no aceptar, obedeció a un impulso y se dio a sí misma un lujo que pocas veces se había concedido antes.

—De acuerdo —pronunció en voz alta—. No veo por qué no.

Monsieur Thanos sonrió, sin dejar de mirarla fijamente.

—Es usted todo un enigma, Silvia. Estaba casi seguro de que me diría que no después del fracaso comunicativo en nuestro último encuentro. Pero tenía que intentarlo.

Ella sonrió, algo azorada por la mención a un hecho que hasta entonces había permanecido tácito. Se quedó sin palabras.

—¿Qué le parece si hacemos algo ahora mismo? —propuso él, rebajando la tensión del momento.

El primer pensamiento de ella fue que no iba arreglada para una cita, pero tuvo que reconocerse que no era así. Al saber que iba a encontrarse con el atractivo griego se había esmerado con su aspecto. Monsieur Thanos se acercó a ella y le cogió la mano.

—No se ponga nerviosa, Silvia. Solo quiero conocerla mejor.

El roce de su mano, la proximidad de su cuerpo y su perfume de cedro y sándalo causaron una reacción instantánea en Silvia, cuya respiración se aceleró.

—Conocerme mejor... Lo ha pronunciado usted como si fuera el lobo de *Caperucita Roja*.

Él sonrió y se acercó aún más a ella, que no era capaz de dejar de mirarle.

—Ese lobo es un incomprendido, me temo. Es fácil echarle la culpa de todo al que hace más ruido. Pero el ruido no es mi estilo, *señorita* Patiño.

Pronunció perfectamente aquellas dos palabras en castellano. Estando tan cerca de él, era difícil saber si el olor que la estaba cautivando se debía a alguna esencia o emanaba de su cuerpo masculino. La naturaleza se aliaba con el arte para tentar a Silvia.

—Yo creo más bien que el lobo es usted —aseguró él, con una voz rasgada que era apenas un susurro—. Su manera de esperar es la de un felino. Incluso ese nombre, Silvia... silvestre... *salvaje*. Es fácil imaginarla a usted en lo más profundo de un bosque.

Ella lo observó. Nunca la habían llamado «lobo» y le resultó sorprendente. La miraba con la misma intensidad, como si fuera la mujer más interesante del mundo. Pero aquello que había dicho de que el lobo era ella... ¿eso era bueno o malo? ¿Cómo debía tomárselo? Siempre se había imaginado a sí misma como la presa, nunca como el monstruo. Y sin embargo, recientemente había descubierto que quizá dentro de ella habitaba también una bestia...

Por otra parte, le gustó que le hablara de su nombre. De los chicos con los que había salido, ninguno se había parado a pensar en él ni a darle vueltas a su significado. Le recordó a su primera conversación con monsieur O'Flahertie.

—Es usted impaciente... —apuntó Silvia.

—No tendría sentido que lo negara. Además, mi agenda es mucho más apretada de lo que me gustaría.

Los dos sonrieron durante un rato, esperando que fuera el otro el que continuara la conversación.

—¿Le gusta el chocolate?

Silvia levantó una ceja.

—¿Es una pregunta con trampa?

—Conozco un sitio donde hacen fondue de chocolate. A cualquier hora. Llevan las fuentes a las mesas.

De nuevo, un silencio sonriente se estableció entre ellos.

—Efectivamente —dijo Silvia—, es una pregunta con trampa. Usted sabe que ninguna mujer diría que no a una fuente de chocolate fundido.

—Ponen bandejas con fresas, uvas, esponjitas de caramelo, pretzels de esos pequeñitos...

—¿Y a qué estamos esperando?

Silvia subió al coche de él. Le gustó la sensación de entrar en un coche sin tener ni idea de hacia dónde se dirigía. Era emocionante.

—Una de las ventajas de mi trabajo es que conozco

muchos lugares, tanto del extranjero como de nuestra fascinante ciudad —empezó Odysseus—. Y hay veces en las que aquello que está cerca resulta más sorprendente que lo que se descubre al otro lado del mundo.

Silvia lo observó mientras hablaba. Esa misma frase en boca de otro hombre le habría sonado presuntuosa. Pero él la dijo con naturalidad. A pesar de ello, Silvia le preguntó, bromeando:

—¿Está usted tratando de impresionarme con su conocimiento del mundo?

—No me parece usted fácil de impresionar, y desde luego, si lo intentara, no utilizaría una táctica tan...

Pero entonces él se echó a reír de repente, como si le acabaran de contar el chiste más gracioso del planeta.

—¡Pues claro que quiero impresionarla, Silvia! Me parece usted muy atractiva, y no tengo ni idea de cómo romper el hielo, teniendo en cuenta la desafortunada situación que nos ha unido.

Ante ese arrebato de sinceridad, ella no supo qué responder. Le pareció muy halagador que reconociera de manera tan franca y espontánea que se sentía atraído por ella, pero también resultaba un poco desestabilizante que le dijera las cosas tan a las claras.

—Nunca he entablado contacto con una mujer a la que haya conocido en el entorno laboral —explicó él mientras giraba el volante con suavidad. Conducía muy bien—. Siempre me he puesto esa frontera. Sin embargo, hay algo en usted... algo que no comprendo, que no sabría describir. Creo que es su manera de mirar, al mismo tiempo herida y valiente.

Silvia cambió de tema y se puso a hablar de lo que se veía desde el coche, del paisaje de los barrios que iban atravesando, para que aquella conversación no se convirtiera en algo demasiado intenso. Estaban entrando en la ciudad de Saint-Germain-en-Laye.

Cuando llegaron a la chocolatería, un pequeño edificio de dos plantas pintado de blanco, el camarero saludó a Odysseus con familiaridad y los sentó a la mejor mesa, la que estaba más apartada.

—Qué lugar más cálido —agradeció ella—. Supongo que es necesario mantener una temperatura constante para que el chocolate fluya en óptimas condiciones.

—Mente científica —observó él, complacido—. Parece contradictorio que algo tan placentero tenga tanta ciencia detrás, ¿verdad?

Y mientras les colocaban delante la fuente de chocolate y todo lo imaginable para sumergir en ella, se enzarzaron en una conversación acerca de diferentes placeres y las condiciones técnicas que cada uno requería para ser disfrutado de la mejor manera.

Silvia se encontraba a gusto en aquel lugar, pero no pudo evitar sentirse culpable, como si le estuviera siendo desleal a Alain. Especialmente cuando Odysseus le pidió permiso para tutearla. Aquella solicitud de confianza le resultó más íntima, más cercana, que si le hubiera acariciado el lóbulo de la oreja.

28

La femme chocolat

OLIVIA RUIZ

Las primeras palabras que se pronuncian al tutear a alguien pueden ser algo incómodas. Suele tardarse un rato hasta que la mente se acostumbra a esa nueva manera de dirigirse al otro. Sin embargo, Odysseus realizó la transición sin titubear, como si él siempre se hubiera referido a Silvia íntimamente cuando pensaba en ella.

—Silvia —dijo—, no sé cuál es tu historia ni tu situación actual. No llevas anillo y has aceptado esta cita, por lo que me atrevo a suponer que estás soltera.

Ella asintió con timidez.

—Antes de que suceda nada entre nosotros, si es que sucede —declaró él, mirándola a los ojos y haciendo que subiera su temperatura—, quiero que sepas que yo no salgo con mujeres en busca de variedad. Me gustaría encontrar una compañera, alguien con quien tener un proyecto en común, y por eso pido una cita solo cuando me siento fuertemente atraído por alguien.

Silvia se tensó. Aquello iba demasiado rápido. ¿Aquel tipo ya estaba hablando de una relación en la primera cita?

Quizá se diera cuenta de su reacción, porque el griego continuó:

—No quiero decir con esto que busque una relación a cualquier precio, con quien sea, solo por estar con alguien. Ahora llevo tres años sin pareja, y la verdad es que tolero muy bien la soledad, está en mi carácter. Pero me gustaría transmitirte es que no quiero aventuras de una noche, ni historias intermitentes, ni relaciones desenfadadas. Los momentos más felices de mi vida los he pasado en compañía de mujeres a las que quería y admiraba, y mi deseo es volver a vivir esas sensaciones.

Odysseus pronunciaba aquellas palabras con tal intensidad que parecía que le salieran de lo más profundo del alma. Brotaban con la lentitud y el esfuerzo de la verdadera honestidad.

—Y eso es lo más importante que tienes que saber sobre mí. Si estás buscando una aventura o si te gustan las relaciones complicadas, no soy la persona indicada.

Se quedaron en silencio. Silvia nunca había oído a un hombre admitir sus vulnerabilidades con tanta franqueza.

—Gracias por ser sincero —dijo ella.

Odysseus no le pidió que le contara su historia ni que hablara de sí misma. Volvieron a charlar sobre temas científicos y él se mostró muy interesado por el trabajo de Silvia, por sus rutinas en el laboratorio. Dijo que admiraba profundamente a las personas que se dedicaban a la investigación.

Mientras hablaban, al ver que él relajaba la expresión del rostro y su neutralidad daba paso a una sonrisa algo inocentona, Silvia sintió una oleada de rechazo. Aquel hombre estaba necesitado de afecto, y ella nunca podría colmar esa expectativa porque seguía enamorada de otro.

Reconoció la sensación. Siempre le pasaba lo mismo cuando un hombre venía de frente, con buenas intenciones, ofreciéndole algo honesto: dejaba de resultarle atractivo.

Silvia sentía incluso cierto desprecio por esa vulnerabilidad. ¿Acaso no se daban cuenta de que estaban poniendo sus esperanzas en la mujer equivocada? ¿Eran tan tontos que no podían ver que había algo malo en ella, algo que buscaba situaciones extremas y que le impedía tener una relación normal?

Odysseus, sin darse cuenta de las sensaciones que estaba experimentando ella, empezó a hablarle de su infancia en Grecia, de su adolescencia, que pasó en Holanda, y de su familia nómada. Estaba orgulloso de ser un hombre hecho a sí mismo y de haber levantado su empresa de la nada, proviniendo de una familia de pequeños comerciantes.

Silvia trató de combatir la incomodidad que le producía que aquel hombre confiara en ella y no tratara de jugar ni manipularla. Era... como si todo aquello resultara demasiado fácil, como si no hubiera reto. En cierto modo, estaba orgullosa de lo mucho que le había costado conseguir a Alain, de todo el empeño que había puesto en ganarse su afecto, hasta que por fin reconoció que la quería, que deseaba estar con ella. Y después...

Debió de torcer el gesto en una mueca amarga, porque Odysseus le preguntó si había dicho algo inconveniente. Silvia, que ni siquiera había escuchado sus últimas palabras, perdida en sus pensamientos, musitó una disculpa y se fue al servicio.

Una vez allí, se miró al espejo creyendo que eso le daría un poco de perspectiva, pero en lugar de verse a sí misma se encontró con Tristeysola.

Tristeysola humilló las cejas, contrayéndolas en una mueca de dolorosa comprensión. ¿Ya estaba eligiendo, antes incluso de darse la oportunidad de conocer un poco más a aquel hombre? ¿Ya estaba proyectando sus miedos y prejuicios sobre él para boicotear una relación que podría estar empezando? ¿De qué tenía tanto miedo?

—¿De qué tengo tanto miedo? —susurró Silvia.

«Tenemos miedo a decidir», contestó en su mente la voz de Tristeysola. «Empezar algo que pudiera salir bien da vértigo, es aterrador. Probar suerte con una historia que ya se sabe que va a ser problemática desde el principio resulta mucho más ligero, porque no hay responsabilidad en esa elección. No hay un compromiso contigo misma cuando empiezas una relación desechable.»

—Antes ha dicho que yo era como el lobo...

«Así te ve él. Así nos ve. Al fin y al cabo, ¿qué es un lobo sino un animal que busca sobrevivir? Solo que la supervivencia de unos a veces exige el sacrificio de otros. Odysseus te ve como al lobo porque intuye que estás herida y sabe que eso podría hacerle daño si se arriesga a confiar en ti. En mí, quiero decir.»

Silvia respiró hondo. Aquello la estaba mareando. Tristeysola tenía una mirada de desesperanza, un rictus de amargura... era como si se hubiera acostumbrado a estar sola y le costara incluso formar frases. Como si se hubiera rendido y renunciara en cada momento a la posibilidad de ser feliz.

—No quiero que Odysseus esté contigo —manifestó Silvia.

Y al tomar esa decisión, Tristeysola desapareció del espejo. Silvia se contempló a sí misma. Estaba desorientada, confundida, perpleja, pero era ella, y tenía la capacidad de tomar sus propias decisiones.

Respiró hondo, se «revistió» de sí misma, asegurándose de ser ella de la cabeza a los pies, y entonces regresó con Odysseus.

Este sonrió al verla.

—Iba a preguntarte si te encontrabas bien, pero te veo mejor.

—Sí, perdona, estaba distraída. Pero ya estoy aquí al cien por cien.

—¿Has probado estas bolitas? No sé de qué están hechas. Son como saladas, pero con el chocolate hacen una mezcla…

—Sigue contándome tu historia, por favor. Quiero saber más cosas de ti —le pidió ella.

Odysseus sonrió y continuó con el relato de su vida. Silvia se alegró de encontrarlo cada vez más interesante, y poco después también ella se animó a hablar de sí misma, de cómo había terminado en París. Le explicó la diferencia entre la visión idealizada de la ciudad que tenía de pequeña y las sensaciones que había encontrado al vivirla de verdad.

Él había pasado por lo mismo y comprendió de qué le estaba hablando. Intercambiaron anécdotas y chistes y empezó a crearse entre ellos una calidez parecida a la de las amistades que se conocen desde hace tiempo.

Silvia se alegró de conseguir que ella misma, y no Tristeysola, fuese la que estuviera presente en aquella cita. Sus reticencias iniciales acerca de la actitud confiada y honesta de Odysseus no habían logrado apagar la atracción que sentía por él, de lo que se sintió muy orgullosa.

Y entonces él le dijo:

—¿Tienes algo que hacer mañana?

Ella se arregló el pelo con coquetería, satisfecha por su interés.

—Creo que no. —Sonrió.

—¿Tienes libre todo el día? —quiso saber él.

Ella dudó unos segundos antes de contestar.

—Mmm... Sí.

¿Una cita por la mañana? ¿Irían a hacer deporte o a pasar el día a la montaña?

—¿Y el domingo?

Silvia sacudió la cabeza.

—¿Perdón?

—¿Tienes algún compromiso el domingo?

—Pues lo cierto es que no, pero no veo qué tiene que ver eso con...

La mano de Odysseus se posó suavemente en el brazo de ella. El calor de la palma atravesó la tela y templó todo su cuerpo.

—¿Tienes ese tiempo disponible para pasarlo conmigo?

Silvia reprimió la prevención, el miedo que le pedía que no aceptara, y se recordó que no quería ser Tristeysola. Por mucho que le asustara que aquello fuera tan deprisa, que pudiera ser verdadero, o incluso que él se estuviera haciendo ilusiones que iban a quedar defraudadas, se merecía darse a sí misma la ocasión de intentarlo.

—Sí —respondió sin más. Porque era la verdad.

Al rato, regresaron al coche y él la llevó hasta su casa. Al dejarla en el portal, la mano de él trazó la curva de la espalda de Silvia, como si estuviera modelando su torso, y ese simple gesto hizo que suspirara. Ya estaba bien de pensar tanto.

En un solo movimiento ella se alzó sobre las puntas de los pies, estiró el cuello y buscó la boca de él con los labios. Suavemente, paladeando el instante, los labios de monsieur Thanos envolvieron la boca cerrada de Silvia. La retuvieron durante unos segundos deliciosos.

Después, el rostro de él se hundió en el cuello de Silvia, bebiéndose su olor y envolviéndola en una cálida respiración. Ella estuvo a punto de responder, pero en lugar de eso cubrió la boca de Odysseus con la suya. Una sensación de embriaguez sustituyó a las palabras.

Él la acarició en silencio durante unos minutos. Sus ojos expresaban alegría, ternura y cierta incredulidad, como si el hecho de que ella lo hubiera besado fuera un pequeño milagro.

—¿Ves como el lobo eres tú? —le susurró al oído—. Eres una depredadora que salta sobre hombres indefensos.

Silvia sonrió. Para ella también era estupendo haber disfrutado de ese beso, haber vencido sus prejuicios respecto a los «chicos buenos», que le gustara un hombre que no arrastraba graves problemas para empezar una relación.

—Ha llegado el momento —anunció con cierta solemnidad— de decirte que mañana, sábado, el día de nuestra cita, yo no estaré en París. De modo que me tomaré la libertad de sacarte un billete para que puedas venir conmigo a la encantadora ciudad de Dublín.

29

Todo sucedió muy rápido. Después de aquel primer beso hubo alguno más, entre perplejo y divertido, y burbujeante como el champán. Silvia aceptó ir a Irlanda sin plantearse demasiadas preguntas, y quedaron en verse en el aeropuerto a las ocho de la mañana del día siguiente.

Aquella noche, Silvia pasó casi una hora escogiendo vestidos y preparando la maleta perfecta para pasar dos días y una noche en una ciudad extranjera. Haría algo de frío, pero tenía que estar guapa.

Después pasó otra hora poniendo a punto su piel, su cabello y sus uñas. En ocasiones, cuando no estaba de humor, percibía cada una de esas entidades como algo separado de su yo; sin embargo aquel día sentía que formaban parte de ella, que encajaban con su personalidad y con su estado de ánimo. Se encontraba completamente integrada en su cuerpo y a gusto con él, y los besos de Odysseus no habían tenido poca culpa en el asunto.

Ya era casi medianoche, y estaba a punto de acostarse para no ir hecha un asco al día siguiente cuando el teléfono vibró. Ella supo enseguida, con una desagradable contracción de ansiedad en la tripa, que era un mensaje de Alain.

Bastó ese sonido para que empezara a encontrarse mal consigo misma. El recordatorio de la existencia de Alain fue suficiente para que se considerara infiel, vulgar, indigna de ser amada, todo a la vez. Por mucho que intentara librarse del ponzoñoso cariño que había sentido por él, algo muy dentro de ella, una piedrecilla dura y rugosa que se había formado en su corazón, la obligaba a tener siempre presente el amor que se había jurado a sí misma proteger y mantener aun a costa de la lógica, de la sensatez, de su propia salud.

Silvia se echó a llorar, atormentada por esa culpabilidad tan errónea pero tan difícil de combatir, y por el eco de tantos dolores antiguos, relacionados con Alain, que nunca habían dejado de resonar en su cuerpo y en su mente. Se prometió no contestarle. Tenía un estupendo fin de semana por delante, la posibilidad de conocer a otra persona. No se permitiría a sí misma boicotearlo. Hizo un esfuerzo por calmarse.

Sin embargo, le costaba respirar debido a la ansiedad que le causaba saber que el mensaje estaba allí. Las lágrimas, en lugar de aliviarla, ardían cada vez más, ahogándola. Tras unos instantes de angustia cedió y cogió el móvil. Sin embargo, en cuanto pasó los dedos para desbloquear la pantalla le falló el pulso y se le cayó el teléfono. Con el golpe, la pantalla se agrietó y se quedó en negro.

Sin interrumpir sus lágrimas de ansiedad, Silvia empezó a llorar de risa. Aquella situación era tan estúpida...

Ver el teléfono quebrado en el suelo le causó un alivio instantáneo, como si el destino hubiera tomado por ella una difícil decisión.

Al día siguiente, a las ocho de la mañana, con pocas horas de sueño pero mucho arte con el maquillaje, Silvia mostraba un aspecto tan estupendo que nadie adivinaría la batalla personal que había mantenido esa noche.

Odysseus ya la estaba esperando en la terminal, a pesar de que aún faltaban diez minutos para la hora acordada. No vestía de negro, sino que llevaba un elegante traje de color antracita.

—Ser puntual es una excelente cualidad —dijo ella en un intento de flirteo algo oxidado.

—Estaba impaciente por llegar —respondió él, mirándola fijamente a los ojos.

El voltaje de aquellos ojos negros era difícil de sostener a esa hora de la mañana.

—Necesito un café —aseguró.

Se dirigieron a una de las cafeterías del aeropuerto y pidieron un carísimo y minúsculo *espresso* acompañado de dos cruasanes igual de diminutos. Silvia se adelantó para pagar y él no se lo impidió. Aquello le pareció buena señal. No le gustaban los hombres que consideraban un ataque a su virilidad que una mujer sacara el monedero.

—¿En qué consiste el trabajo que tienes que hacer en Dublín? —preguntó ella.

—Voy a acompañar a una clienta a recibir un galardón.

—¿Te toca hacer este tipo de tareas a menudo?

—Mi trabajo es bastante imprevisible. Nunca sé de

cuánto tiempo dispondré con cada cliente, y por eso es necesario aprovechar al máximo cada sesión. A veces tengo que solucionar rencillas familiares que llevan décadas enquistadas, o ayudar a escribir cartas tremendamente difíciles, de páginas y páginas. Una vez tuve que ir a Japón y subir el monte Fuji para depositar unos restos mortales.

—¿Y no te deprime? Quiero decir, eso de estar en contacto con la muerte...

—No. La muerte se asume. Lo que no es tan fácil de entender es que la gente no sienta ganas de vivir cuando tiene la oportunidad de hacerlo. Muchas veces nuestra tarea consiste en sacar de una depresión a quien está sin ganas de vivir tras la pérdida de un ser querido.

—Vaya... Todo el día con gente terriblemente triste. Y con motivos para estarlo.

—Es muy satisfactorio conseguir que los seres queridos superen el duelo. Y además, en mi trabajo se produce una curiosa paradoja. Supongo que es algo parecido a lo que les sucede a los médicos, que se enfrentan cada día al dolor y la enfermedad, o a los pilotos, por muy seguros que sean los aviones hoy en día. Ya conoces lo que se dice de que en esas dos profesiones hay un altísimo índice de aventuras extraconyugales e infidelidad, ¿verdad?

Silvia tragó saliva.

—Sí.

—Bueno, pues no se trata de una leyenda urbana. Cuanto más cerca se está de la muerte, más se valora cada segundo de la vida, más se aprecia el propio cuerpo y más impulsos vitales se tienen. Como es lógico, no hay una pulsión de supervivencia más intensa que el sexo.

Odysseus acarició el rostro de Silvia.

—Los cuerpos se buscan con más sed que nunca cuando se enfrentan al fin de la vida. La carne comprende que es efímera y se entrega sin reservas. No existe pasión más cierta, más devota, que la que se produce después de un funeral.

El aire se cargó de electricidad a su alrededor.

Odysseus deslizó suavemente los dedos desde la mejilla de ella hasta su cuello, produciéndole un cálido escalofrío en toda la columna vertebral.

Entonces le sonó el teléfono. Suspiró, algo frustrado por tener que interrumpir aquel momento.

—Parece que mi clienta ya ha llegado —dijo—. Tenemos que ir a su encuentro.

—Por supuesto —contestó Silvia, poniendo una voz formal para disimular su excitación.

Caminaron hasta los controles de entrada y allí vieron a una mujer mayor, con el pelo completamente blanco cortado a lo *garçon* y vestida con un impresionante traje de noche de alta costura. Era un vestido negro mate con una serpiente que iba trepando desde abajo hasta el cuello y terminaba mordiendo la oreja de la portadora a modo de pendiente.

La señora iba con un chico joven. Cuando se dieron la vuelta para saludar a Odysseus, Silvia se dio cuenta de que aquella mujer era la famosa Paulette Lamie.

—Permíteme presentarte a Paulette y a su asistente, Borís —dijo el griego, divertido al ver la expresión deslumbrada de Silvia.

30

La bohème

Charles Aznavour

Odysseus tomó asiento junto a Borís para ultimar la agenda del viaje mientras volaban, y por su parte Silvia tuvo ocasión de ocupar el sitio contiguo al de aquella maravillosa anciana.

—Cómo me alegro de ir a tu lado, querida. Me paso todo el día con Borís, y a veces me gustaría tener una conversación con una mujer *de verdad*, no sé si me entiendes.

Silvia enarcó las cejas. Se había percatado enseguida de que el asistente era homosexual, pero de ahí a considerar que se tratara de una mujer *de mentira...* Era muy difícil saber si estaba hablando o no en serio. Después de toda una vida haciendo sátira de todo y de todos, lo políticamente correcto no existía para ella.

—Voy a aprovechar para contarte la verdad sobre mi vida —empezó diciendo la actriz—. Pronto aparecerá una versión edulcorada que le he encargado al blando de Borís, pero quiere dejarse fuera lo más interesante. En fin, le estoy contando las cosas jugosas a todo el que quiera escucharlas porque deseo que mi leyenda permanezca después de que la palme.

—No diga usted esas cosas, madame Lamie…

—Háblame de tú, por el amor de Dios. No soy tan vieja.

Y se puso a contarle la historia de su primer amante, un rico empresario argelino que la había recluido en su mansión de Orán hasta que la entonces adolescente Paulette trazó un plan para escapar de allí con las tres hijas del magnate, que tenían su edad.

En cuanto el avión despegó, Paulette sacó una larguísima boquilla de marfil y se dispuso a colocar un cigarro en la punta.

—Perdone usted, pero la normativa respecto al tabaco es muy estricta. Le agradecería que no encendiera ese cigarrillo —le rogó la azafata.

—Pero ¡si lo llevo haciendo toda la vida!

—Madame, hace ya muchos años que no se permite fumar en los aviones.

—¿Cómo es eso? ¿Y por qué nadie me ha avisado?

Algunos pasajeros que estaban escuchando la conversación tuvieron que contener la risa. Los extranjeros, sin embargo, miraban a aquella estrafalaria anciana fumadora con cierta repugnancia.

La azafata no era francesa, y no reconoció a la famosa humorista. Lo cierto era que ni siquiera Silvia estaba segura de que todo aquello no fuera una especie de sketch cómico o si en realidad aquella mujer empezaba a estar un poco mal de la azotea.

La situación se resolvió cuando la artista, con gesto

triunfal, le dio una falsa calada a su cigarrillo, que resultó ser de mentira, para regocijo de los que habían prestado atención a la escena desde el principio.

Silvia se interesó por el magnífico vestido que llevaba y la actriz le explicó que era un modelo que había creado especialmente para ella su amigo Alexander McQueen.

—Ya queda poco para que volvamos a vernos, mi pobre Alexander... Por cierto, que así se llamaba mi séptimo novio. Era descendiente directo del mismísimo Dumas y estaba obsesionado con convertirse en escritor, igual que sus antepasados. Sin embargo...

Las historias de madame Lamie estaban siempre en la delicada frontera entre lo verosímil y lo maravilloso. Quizá fuese la manera que tenía de contarlas, tan llenas de luz y de gracia como sus memorables escenas. Silvia tuvo la sensación de que todo el siglo xx, en todo su esplendor y todas sus contradicciones, se desplegaba de un modo majestuoso tan solo para ella.

—... y luego estuvo Gunther. Era ligeramente nazi, pero tenía el talento de cantar debajo del agua. Quizá te preguntes para qué demonios sirve eso, ¿verdad? A mí me pasó lo mismo al principio. Sin embargo...

Durante sus giras, por las incontables habitaciones de hotel de mademoiselle Lamie habían desfilado bastantes nombres conocidos, algunos de los cuales eran protagonistas de anécdotas tan inesperadas que hicieron que Silvia, al escuchar a su compañera de viaje, tuviera que taparse la boca para no reírse.

—Te está contando lo de Marcello Mastroianni, ¿verdad? —preguntó Borís desde el asiento de atrás.

—Me temo que sí —masculló Silvia, con los ojos llorosos de tanto reír.

Cuando sirvieron las bebidas, la *comédienne* pidió una tónica. Silvia la miró con cierta sorpresa.

—Yo viajo con mi propia ginebra —susurró la anciana dando un golpe seco a su bolso—. Llevo una petaca que no se detecta en los escáneres. Me la regaló Rodolfo, que trabajaba en la NASA.

El viaje se le hizo a Silvia muy corto, y así se lo dijo a la actriz cuando llegaron al hotel.

—No te preocupes, querida, en el vuelo de regreso te contaré todo lo demás. ¡Borís! ¡Esa maleta no la puedes poner debajo! ¡Ahí van mis chales de mohair!

Al quedarse a solas con Odysseus en el hall del hotel, que estaba decorado con enormes espejos de marco plateado, Silvia se vio reflejada en varios a la vez y se acordó de las palabras de su consejero literario acerca de la imagen de una misma. Se atrevió a echarle un vistazo a uno de los espejos esperando encontrar en él a una solterona algo desorientada y desesperada. Sin embargo, lo que vio fue una mujer con la cabeza erguida, embellecida y luminosa por haber pasado las últimas horas riendo sin parar y por encontrarse a gusto en su piel.

—Me gusta poder verte desde tantos sitios a la vez —susurró, con voz ronca, Odysseus—. Espero que en las habitaciones también haya espejos.

—¿Vamos a compartir habitación? —preguntó ella, repentinamente insegura.

—Hay dos camas separadas —la tranquilizó. Pero al

ver la expresión de ella, añadió—: No pasará nada que tú no quieras. Te lo prometo.

Tras una rápida ducha (por separado) que se alargó un poco más de lo debido por culpa de unos cuantos besos inoportunos, Silvia y Odysseus quedaron en encontrarse por la tarde, después de que él hubiera acompañado a Paulette a sus compromisos con radios y televisiones.

Con un mapa de la ciudad en la mano, la parisina visitó las calles principales cerca del río y escuchó el idioma cantarín, que, una vez más, le recordó a monsieur O'Flahertie. Terminó yendo al famoso parque de Merrion Square para visitar la estatua de su querido Oscar Wilde.

En la esquina del parque, el monumento llamaba la atención por su colorido. Silvia leyó en la guía de la ciudad que la estatua había sido tallada a partir de bloques de piedras semipreciosas. Representaba a un hombre alegre, relajado, en una postura cómoda, mirando hacia el hogar de su familia, al otro lado de la calle.

No pudo evitar sonreír al verle.

A su lado, dos chicos estaban hablando del artista. A pesar de que no utilizaba demasiado el inglés, fue capaz de comprender la mayor parte de la conversación. Uno de los adolescentes le contaba al otro que existió un caso documentado de apariciones de un supuesto fantasma de Oscar Wilde. A lo largo de esos episodios se produjeron textos literarios que incluso sir Arthur Conan Doyle dio por auténticos, y consideró como una prueba de que aquel era, inequívocamente, el espectro del gran escritor.

Ella se distrajo observando la escultura y los mensajes que había dejado la gente a su alrededor. Cuando los jóvenes se marcharon, se dejaron un libro. Silvia trató de ir tras ellos para devolvérselo, pero no fue capaz de encontrarlos.

Entonces vio que el libro llevaba en la portada un adhesivo de «*bookcrossing*», la plataforma de intercambio de libros con sede en internet.

El volumen se llamaba *Carpe Jugulum*. Y como estaba a gusto en compañía de Wilde, Silvia se sentó en un banco y empezó a leerlo.

31

C'est si bon
YVES MONTAND

Silvia y Odysseus coincidieron en el ascensor del hotel.

—Esto se ha convertido en una costumbre —observó él poniendo voz de lobo feroz.

Se besaron con tanto ímpetu que el bolso de Silvia cayó al suelo. Sus cuerpos se comprimieron en una esquina de aquel pequeño espacio, apretándose tanto el uno contra el otro que si el trayecto hubiera sido un poco más largo habrían tenido problemas para respirar.

Entraron en la habitación y se dejaron caer sobre una de las camas. Sus bocas se buscaron con avidez, mientras él le ceñía la cintura con las manos. La lengua de Odysseus trepó lentamente por el cuello de Silvia, obligándola a estirar la columna de puro placer, como si fuera un gato.

—Un momento… Esto no está sucediendo en el orden adecuado —dijo ella, con las mejillas sonrosadas—. Habíamos acordado tener una cita, ¿verdad?

Él se levantó de forma apresurada.

—Por supuesto, por supuesto… Me arreglo y salimos enseguida, ¿de acuerdo?

Pero al verlo tan azorado, Silvia no pudo evitar echarse a reír.

—Esta es la situación más rara del mundo. ¿Cómo se supone que vamos a prepararnos para una cita si estamos en la misma habitación? No hay intimidad.

—O más bien... hay demasiada.

—Se pierde un poco de misterio, ¿no crees?

Odysseus se sentó en una silla y respiró hondo, tratando de serenarse.

—Vamos a hacer una cosa —dijo ella para ponérselo fácil al tiempo que recogía sus cosas—. Iré a arreglarme a los vestuarios de la piscina del hotel, ¿de acuerdo?

Él asintió con la cabeza. Ella sonrió. No todos los hombres habrían sido capaces de interrumpir aquella ardiente sesión y dejarla para más tarde.

La piscina estaba en la planta superior. Al pasar junto a los muros de vidrio templado vio a Paulette tomando un baño, con un gorro de plástico amarillo canario con flores en relieve. La actriz la saludó con entusiasmo y Silvia fue a su encuentro.

—¿Vienes a darte un baño? ¡El agua está buenísima!

—No tengo tiempo... He de arreglarme para una cita.

Paulette levantó una ceja. Se trataba de uno de sus gestos icónicos.

—¿Y por qué no te arreglas en tu propia habitación?

Silvia se mordió el labio. Trató de inventarse una excusa pero estaba demasiado nerviosa para que se le ocurriera algo verosímil, y engañar a aquella mujer no parecía una tarea sencilla. De modo que le contó su historia a grandes rasgos.

—¿De modo que Odysseus y tú apenas os conocéis? Qué curioso, me dio la impresión de que había una gran complicidad entre vosotros...

—Pues no. Lo cierto es que hasta hace muy poco pensaba que era una especie de estafador que me iba a dejar sin trabajo.

—Interesante... muy interesante. Vaya, vaya... Me he pasado el viaje contándote mi vida y no he escuchado nada de la tuya. A primera vista, no me pareces el tipo de chica que aceptaría irse de viaje con un desconocido.

—Supongo que no lo soy. Pero estoy atravesando un momento un poco difícil, y supongo que eso me ha llevado a comportarme de una manera más impulsiva...

Paulette la observó con atención, como si la estuviera radiografiando.

—Hombres casados, ¿verdad?

Silvia ahogó un gemido de sorpresa.

—Impresionante —reconoció.

—Es uno de los grandes clásicos. Chica monísima, eficiente, disciplinada. No se dedica activamente a buscar marido a los veinte años porque está centrada en sus estudios, y por lo tanto no lo encuentra. De vez en cuando, un rezagado en la carrera matrimonial, algún chico bueno, ha intentado algo con ella y ha sido rechazado, quizá por no ser lo bastante enigmático, por no suponer un reto.

—Bingo de nuevo.

—Pero entonces llega uno diferente. Uno... que no entra en el espectro de los chicos buenos. Enseguida se da cuenta de que bajo ese caparazón anodino hay un alma apasionada, tremendamente dispuesta a entregarse. Y que además será discreta, y hará cualquier cosa para conservarle, para cuidar la preciada relación que se habrá convertido en el centro de su vida. La amante perfecta.

—*Touchée* —suspiró ella, a modo de derrota.

Se sentía tan estúpida por encajar a la perfección en aquel cliché… Pero entonces sintió que los esqueléticos brazos de la anciana la envolvían con un gesto cálido.

—Silvia, déjame darte la enhorabuena. Quizá aún no te has dado cuenta y pienses que Odysseus va a ser uno más en tu cadena de errores. Pero yo ya lo he visto todo en este mundo y comprendo el corazón de las personas con apenas mirarlas. Él será el hombre que te salve de ti misma.

Se quedó tan conmocionada por las palabras de la actriz que no fue capaz de responder.

—Bueno, ¿a qué esperamos? —añadió la anciana—. Vamos a la peluquería del hotel. Invito yo.

Treinta minutos más tarde, después de que Paulette hubiera vuelto locas, en tres idiomas, a las pobres empleadas del salón de belleza con sus requisitos anacrónicos y sus chistes verdes, una Silvia tan radiante que apenas era capaz de reconocerse en el espejo bajó al hall de marcos plateados. Allí se reunió con Odysseus, que esta vez llevaba un traje de color claro.

—*Πιο όμορφη από ό, τι την ίδια την θεά Αθηνά* —dijo este nada más verla aparecer.

A ella le causó cierto hormigueo oírle hablar en su lengua materna. La voz le cambiaba al emplear su idioma, como si se hubiera quitado una máscara. Y esa voz auténtica, aún más grave, sugería interesantes cualidades dionisíacas.

—Solo estudié dos años de griego en el instituto —dijo ella—. ¿Has dicho algo de Atenas?

—He dicho que estás más bella que la mismísima diosa Atenea —respondió él.

Pronunciadas por cualquier otro hombre, aquellas palabras habrían sonado cursis y anticuadas. Pero Odysseus hacía que incluso aquella barbaridad de piropo sonara natural y convincente.

—Ya que estamos en Dublín, deberíamos ir a uno de esos pubs tan elegantes y tomar las especialidades locales regadas con cerveza negra. De modo que te propongo hacer algo completamente distinto.

Silvia aceptó con una sonrisa. Tras visitar varios pubs, terminaron en un restaurante filipino con karaoke en tagalo comiendo un helado de tres pisos.

Hablaron un poco de todo, bebieron un poco de todo, se rieron por cualquier tontería. Silvia nunca había estado tan relajada.

—Yo observo a las mujeres para no cometer errores, pero me da la impresión de que tú miras a los hombres intentando equivocarte. *Buscas* a aquellos que podrían hacerte daño.

Silvia refunfuñó algo inaudible, y al fin reconoció:

—Puede que haya algo de eso.

—Corrígeme si me equivoco —susurró él—, pero veo que aún no has terminado de limpiarte de alguien que no te hacía bien... Siento la presencia de ese hombre en tu olor, en la fragilidad de tu mirada, en tu forma de moverte, que aún denota una falta de confianza.

Ella dio un trago a su daiquiri de coco, sin responder. Por lo visto aquel era el día en el que todo el mundo adivinaba su vida.

—Cambiemos de tema, ¿de acuerdo? Hay cosas cuya existencia no me apetece recordar.

Los ojos del griego recorrieron, como una experta caricia, una línea curva entre su nuca y sus orejas.

—Como prefieras. Cambiaremos de tema, tú lo has querido. He estado pensando y no sé si debería acostarme contigo… Sería imprudente por mi parte acercarme tanto.

—Vaya, esa sí que no me la esperaba —repuso ella.

—Lo que sí creo —continuó Odysseus— es que sería muy curativo para ti acostarte conmigo. Cuanto antes mejor.

32

Il y a deux filles en moi

Sylvie Vartan y Françoise Hardy

El teatro entero parecía temblar por la intensidad de los aplausos. Paulette subió la escalera del escenario con una sonrisa resplandeciente mientras saludaba con la mano a los fotógrafos.

En la primera fila del patio de butacas, Silvia aplaudía con todas sus fuerzas. Era como si estuviera... en la cima del mundo. Una de sus actrices favoritas se había convertido en una amiga querida, y, por si eso fuera poco, la noche anterior, seguida de gran parte de la mañana, había disfrutado de una de las sesiones de pasión más completas y satisfactorias, en todos los sentidos, de su vida.

El momento más íntimo había tenido lugar cuando él pronunció su nombre por primera vez. El sabor de aquella palabra que tanto la definía, moldeada por unos labios nuevos y diferentes, convirtió su gastado nombre en otra cosa. La voz de terciopelo de Odysseus, su manera de degustar las sílabas, hicieron que se sintiera otra, una mujer mucho más sexy, impredecible e interesante de lo que nunca se había sentido.

Los aplausos cesaron para permitir que la homenajeada pronunciara su pequeño discurso. Odysseus aprovechó que todas las miradas estaban puestas en la actriz para deslizar la mano hasta el asiento de Silvia y apretarle cariñosamente los dedos. Ella pensó que podría acostumbrarse a aquella mano y a sus extraordinarias habilidades.

—Estos días —dijo la artista, en un inglés perfecto— he tenido ocasión de reflexionar acerca de la importancia de un talento que tenía un poco olvidado. Los cómicos parloteamos sin cesar, es lo que se espera de nosotros, charlamos y charlamos sin medida hasta que se nos seca la boca. Creedme, cuando se llega a mi edad una se da cuenta de lo valiosa que es la saliva.

Hubo algunos murmullos, entre el escándalo y el deleite.

—Sin embargo, tanta verborrea no serviría de nada sin todos aquellos que están ahí detrás, dispuestos a *escuchar*. ¡Qué palabra más hermosa! Sin esas personas tan generosas como para prestar atención, las tonterías que decimos no servirían de nada. Muchas gracias, querida Silvia, por recordarme esto.

Paulette lanzó un par de besos en su dirección. Las cámaras la enfocaron de inmediato y no le dio tiempo a soltar la mano de Odysseus. El público volvió a aplaudir, y Silvia se vio invadida por una serie de emociones contradictorias. Por una parte, se sentía halagada, honrada por el hermoso gesto de Paulette; se sentía importante. Por otra, la culpabilidad paranoica y el miedo a que Alain pudiera ver aquellas imágenes, descubrirla de la mano de otro hombre, la roían por dentro. Se estremeció, tratando de sacudirse aquel malestar tan estúpido. ¿Por qué se creía en la obligación de serle fiel a alguien que siempre había estado casado con otra?

Cuando las cámaras se alejaron, Odysseus se volvió hacia ella para darle un beso, que ella aceptó con cierta reticencia. Él se dio cuenta.

—¿Estás bien? —le susurró.

—Sí, es solo que no me lo esperaba.

Mientras la gala proseguía su curso, a Silvia la invadió un curioso frío. Odysseus parecía muy atento y encantador, sí, pero ¿qué sucedería cuando regresaran a París? ¿La volvería a llamar? No habían hablado de ningún tipo de fidelidad o de compromiso entre ellos. En realidad, no eran nada. A pesar de la intensidad de los momentos que habían vivido, no existía un «nosotros».

Ya le había sucedido otras veces, cuando era más joven. Hombres que se mostraban entusiasmados en un primer momento para perder el interés igual de deprisa. A veces ni siquiera hacía falta que apareciera otra en el horizonte.

Al acabar la ceremonia, los cuatro salieron del teatro por una puerta trasera. Un taxi los esperaba, con sus maletas, para llevarlos directamente al aeropuerto. Silvia nunca había estado en una situación tan excitante, experimentando de primera mano el estilo de vida de los ricos y famosos. Sin embargo, algo había cambiado en su estado de ánimo y ya no era capaz de disfrutarlo del mismo modo. Se trataba de la piedrecita que tenía dentro de la cabeza, esa que llevaba el amargo nombre de Alain.

En el vuelo de regreso Odysseus quiso sentarse al lado de Silvia, y esta se disculpó con Paulette por no poder acabar de escuchar sus historias. La actriz le dio un abrazo y le hizo prometer que iría a visitarla a su piso de Pigalle.

—De esta no te libras, Silvia. Borís, saca la agenda, que vamos a fijar la cita.

El día había sido largo y, en cierto modo, agotador. Paulette no tardó en quedarse dormida en el asiento, roncando como un leñador del Canadá. Borís, que debía de estar acostumbrado, se puso tapones en los oídos y prosiguió con su minuciosa lectura de la revista *Cosmopolitan*.

—¿Estás cansada? —le preguntó Odysseus.

—Sí —respondió.

—Apenas hemos dormido en toda la noche... —murmuró él, con voz sugestiva.

—La verdad es que me sorprende que no se te note nada —repuso, algo envidiosa del aspecto lleno de energía que mostraba Odysseus—. Yo tengo unas ojeras...

—Estás preciosa.

Una vez más, debido a su manera de decirlas, unas palabras de lo más vulgares se convirtieron en una frase impactante por su calidez y sinceridad.

Silvia pensó que quizá aquel era el momento adecuado para plantearle algunas de las cuestiones en las que había estado pensando antes, pero descartó esa posibilidad. No quería preguntar si lo que había sucedido suponía que iba a empezar a haber exclusividad entre ellos; ni siquiera consideraba adecuado preguntar si se iban a ver más veces. Le parecía demasiado pronto. No quería dar la impresión de ser la típica solterona ansiosa. «*Spinsters*», las llamaban en Inglaterra, como si siempre estuvieran dando vueltas sobre lo mismo.

En lugar de hacer preguntas se arrebujó contra él, dejando que la envolviera entre sus brazos. Se permitió a sí misma relajarse un rato y disfrutar de aquel calor, de aquella protección, e impidió que la idea de que quizá no volviera a repetirse le estropeara el momento.

Odysseus le susurró al oído:

—Hay quienes dicen que todas las decisiones que se toman están provocadas o bien por un impulso de amor, o bien por uno de miedo. Según eso, no existen más motivaciones en la conducta humana. No hay ninguna emoción o reacción que no pueda reducirse a uno de esos dos principios.

Silvia escuchó atentamente.

—Lo que quiero decirte… es que me gustaría que todas las decisiones que tome respecto a ti, que tome contigo, estén motivadas por el amor. Y me encantaría que tú hicieras lo mismo.

—Bueno, no son unos términos muy concretos, ¿verdad? —señaló ella, que seguía esperando una promesa de continuidad de algún tipo.

—Yo creo que sí lo son —respondió él—. No quiero que estés conmigo por miedo a la soledad, o por temor a no poder olvidar a otro hombre.

Y se quedaron en silencio.

33

Heureuse
Édith Piaf

Hay muchas maneras de que te toque la lotería. Una de ellas es sentirte tan feliz, tan a gusto contigo misma, que incluso te apetezca ir al trabajo un lunes por la mañana.

Los nubarrones emocionales del día anterior ya se habían despejado por completo. No le importaba que Odysseus no se hubiera pronunciado respecto a su relación. Lo primordial era que había sido capaz de estar con un hombre que no era Alain, y que había disfrutado cada segundo. Tanto si la volvía a llamar como si no, aquellos dos días en Dublín habían sido todo un regalo.

Se repetía estas cosas una y otra vez, pero mientras llegaba a la oficina no podía evitar que el deseo de encontrarse con el griego en el ascensor llenara su pecho. Sería estupendo coincidir en aquel pequeño espacio, mirarse a los ojos y no decirse nada. Ella respiraría el perfume de su cuerpo, y quizá le rozara los dedos al salir a la planta. Sería posible que aquel breve contacto provocara que, después de su entrevista con monsieur Lestaing, Odysseus le hiciera un gesto para que le siguiera hasta la azotea... Silvia se golpeó con una de las puertas de cristal del hall de entrada, distraída con sus ensoñaciones.

Pero no hubo un encuentro casual en el ascensor. De hecho, monsieur Thanos no apareció por allí en toda la mañana. Tampoco supo nada de él por la tarde. Al salir del trabajo, fue a comprar un teléfono móvil y lo primero que hizo fue añadir a la agenda el número de Odysseus. Pero este no llamó.

Silvia pasó la tarde descansando en su casa, dedicada a la lectura del libro que había encontrado junto a la estatua de Oscar Wilde. Lo devoró de una sentada. Además de tratarse de un relato lleno de humor y personajes carismáticos, cuya acción transcurría con mucho ritmo, el libro ocultaba una reflexión muy interesante acerca del mal. Según el autor, la maldad se produce cada vez que alguien trata a otra persona como un objeto, por falta de capacidad o de voluntad de ponerse en el lugar de esa otra persona, por no poder identificarse con ella.

Silvia se detuvo a pensar las distintas formas en las que Alain la había tratado como a un objeto que solo existía para cumplir una determinada función en su esquema de las cosas, y se le ocurrieron unas cuantas. Claro que también se le ocurrieron otros ejemplos de situaciones en las que había sido ella la que pensaba en él como una manera de satisfacer determinadas carencias, y la que había deseado cosas contrarias a las que él quería.

Al terminar el libro, aunque no había sido él quien se lo había recomendado, dejó un recado en el contestador de monsieur O'Flahertie para pedirle una cita. Casi enseguida recibió un mensaje de respuesta, en el que el terapeuta la convocaba para la tarde del miércoles, dos días después.

Cenó una sopa ligera, y hasta que se le cerraron los ojos no dejó de esperar una llamada o un mensaje de Odysseus. Quizá aquello solo fuera una manera de quitarse de la cabeza a Alain, pero lo cierto era que estaba funcionando.

El martes tampoco vio al griego, pero no le importó. Mientras trabajaba se dio cuenta de las ganas que tenía de salir a correr, a correr en serio, hasta que le aguantara el cuerpo. De modo que en cuanto llegó a casa se puso sus zapatillas rojas, hizo los calentamientos de rutina y se lanzó a conquistar las calles.

Subió hasta el quai de la Loire y echó un vistazo a la programación de los cines. Ir sola a ver una película en pantalla grande era uno de esos lujos que no se permitía desde hacía tiempo. Pero no encontró nada que le apeteciera ver. Después pensó en continuar su carrera hasta el parque de la Villette, pero algo hizo que cambiara de idea y tomó el boulevard de la Chapelle en dirección a Montmartre, el primer barrio en el que había vivido cuando llegó a París en busca de trabajo. La casa de su abuela Eva.

Silvia sonrió al recordar a la anciana y a sus cinco gatos. «Soy muy rara, cariño, *très bizarre*, eso ya lo sé yo, por eso tengo que vivir *à Paris*, porque en España me estarían criticando en cada esquina», decía la abuela en su mezcla de idiomas.

La madre de Silvia, Elena, había pasado su infancia en París, pero escogió irse a España con el abuelo cuando él y la abuela decidieron separarse. Silvia nunca comprendió por qué una chica educada en aquella ciudad deslumbrante e infinita escogió regresar a Ciudad Real. Pero para Elena, España había sido el lugar de las vacaciones, de los largos veranos, de las amigas, de los chicos sin malicia y sin dobleces, tan parecidos a su padre, al que adoraba. El abuelo Manuel nunca se había sentido a gusto en Francia, al contrario que Eva; de hecho, las Españas que cada uno de ellos recordaba parecían lugares completamente distintos; un paraíso para él y una cárcel para ella. «*Paris* me dio la vida, *ma petite*. Tú no sabes cómo era España en aquella época... *affreux, affreux*.»

En aquellos primeros meses que dedicó a buscar trabajo, Silvia durmió en un colchón en el salón del diminuto piso de su abuela y tuvo ocasión de conocer a aquella mujer misteriosa, a la que había visto tan pocas veces en su vida y de la que solo sabía lo que había oído a algunas mujeres del pueblo: que si era una madre egoísta que había preferido quedarse en Francia antes que cuidar de su hija, que si no tenía principios, que si era una descocada sin moral que había escogido una vida fácil, con lo bueno que era su marido...

Pero la verdad era que la vida de Eva en París había sido de todo menos sencilla. La abuela había luchado cada día por abrirse paso en un mundo difícil, estudiando hasta las tantas de la noche, sin rendirse, para conseguir un empleo de secretaria en un banco. Su marido, quizá por no esforzarse tanto con el idioma, nunca había dejado de ser obrero de la construcción.

«Yo me fui de España porque los políticos no nos dejaban vivir, no había libertad. Y tú has tenido que venirte porque han robado tanto que ni trabajo tenéis. Entre unos y otros, que en realidad son los mismos, han dejado el país como una raspa de sardina».

Silvia se detuvo para coger aliento. Ya había llegado al barrio de Montmartre, y estaba frente a la casa donde su abuela había vivido casi cuarenta años. Ahora lucía una gran bandera gay en el balcón, algo que a ella le habría encantado, porque gran parte de sus amigos eran homosexuales.

Caía una fina llovizna, lo que resultaba apropiado, porque el XVIII *arrondissement*, aquel en el que se encontraba la famosa colina, estaba especialmente hermoso cuando la humedad hacía brillar sus piedras. El barrio entero parecía retroceder en el tiempo hasta aquellos mágicos momentos de la *bohème* y sus artistas.

De pequeña, su abuela le había hablado de un París de cuento de hadas. Solo al conocer de verdad la ciudad había comprendido el lado difícil, el precio de conquistar los sitios con los que se ha soñado. Eva había preferido residir en un país libre aunque estuviera sola y tuviera que mantenerse sola, y siempre había vivido con lo justo.

Haber tenido la suerte de conocerla, de descubrir lo mucho que tenía en común con ella, había sido una bendición para Silvia, algo por lo que daba las gracias cada vez que se acordaba.

34

L'amour en cage
BORIS VIAN

—¡Silvia! *Ma chère!* —exclamó monsieur O'Flahertie nada más verla llegar.

Esta vez iba vestido con una levita de terciopelo de lo más excéntrica.

—Yo también me alegro de verle. —Sonrió—. Lo cierto es que este fin de semana me he acordado de usted, ya que he ido de visita a Dublín. ¿De qué parte de Irlanda es?

—¡Soy de la mismísima ciudad del río Liffey! Se lo suplico, Silvia, póngame al día. Dublín debe de haber cambiado mucho desde que no tengo oportunidad de visitarla.

El timbre emocionado en la voz del consejero la pilló por sorpresa. Realmente daba la impresión de que hacía mucho tiempo que no había vuelto Irlanda.

—Pues... lo cierto es que solo tuve unas pocas horas para pasear por el centro. Recorrí la calle O'Connell, con todos sus hoteles y sus pubs, y después crucé el río y fui al Trinity College...

Para complacer la ávida escucha de monsieur O'Flahertie, Silvia fue desgranando sus impresiones de la ciudad con toda la exactitud de la que fue capaz. Trató de recordar el aspecto de la gente que paseaba por la calle, el color del cielo y de las aguas del río. Habló de los mercados callejeros, de los distintivos de los comercios antiguos, de las esculturas.

—Maravilloso... maravilloso. Qué bien lo cuenta usted, Silvia, qué gran atención para el detalle...

Cuando le describió el restaurante filipino, su karaoke y sus postres multicolores, él no pudo evitar echarse a reír.

—¡Le aseguro que en mis tiempos no había nada ni remotamente parecido a eso, Silvia! Pero ese es el curso de la vida... La renovación, el renacimiento. Si París, la Ciudad de la Luz, ha sufrido semejantes cambios, ¿cómo habría podido permanecer inmune a ellos mi preciosa y pequeña Dublín?

Tras charlar un rato más, llegó el momento de empezar con la terapia literaria.

—Hoy quiero hablarle de brujas —anunció el irlandés—. ¿Ha leído algún libro sobre ellas en los últimos tiempos?

—Pues... lo cierto es que sí. Y de casualidad. Encontré un libro de *bookcrossing* precisamente en Dublín, y ayer mismo lo estuve leyendo hasta que lo acabé.

—¿Habla de brujas? ¿De qué libro se trata, Silvia?

Ella sacó de su bolso el ejemplar de *Carpe Jugulum*.

—*Merveilleux!* No podríamos haber encontrado un libro mejor para tratar este tema. Las brujas que aparecen en los libros de Terry Pratchett son mis preferidas. A veces la casualidad hace muy bien las cosas, ¿verdad?

Silvia asintió, pensando menos en el libro encontrado que en el hombre que la había llevado a la ciudad donde lo encontró. También había sido la casualidad la que había llevado a Odysseus a su vida.

Hablaron de brujas. De todas las que habían leído, visto en el cine e incluso conocido.

—Creo que vendría bien que utilizara esa idea de la bruja como emblema del concepto de identidad. En la sesión anterior hablamos de espejos, de cómo nos perciben, ¿verdad? Pues ahora hay que dar un paso más: saber quién es uno mismo sin necesidad de verse reflejado en el espejo de los otros.

Reflexionando sobre las cualidades de las brujas que enumeraba monsieur O'Flahertie, Sylvie se dio cuenta de que Paulette reunía muchas de ellas. Se trataba de un ser humano extraordinariamente libre, que siempre hacía lo que le daba la gana pero manteniéndose en todo momento dentro del límite de la libertad de los demás. No permitía que sus miedos o inhibiciones, el qué dirán o la culpa cristiana le impidieran llevar a cabo sus proyectos, explorar, realizar sus deseos.

Efectivamente, Paulette no había dejado de ser dueña de su destino ni un solo segundo de su larguísima vida, mientras que Silvia siempre había sido un catálogo de dudas paralizantes y de decisiones erróneas.

—Creo que he conocido a una bruja, ¿sabe? Adivinó muchas cosas sobre mí con solo mirarme.

—Pues intente parecerse a ella todo lo que pueda,

Silvia. ¿Me hará ese favor? No puede permitirse retroceder ahora.

El brillo de los ojos de monsieur O'Flahertie, su carismática energía, le dieron la sensación de que aquel hombre valoraba cada segundo de su vida. Y se sintió muy afortunada de que fuera tan generoso de compartir parte de ese tiempo con ella.

—Se lo prometo.

—Muchas gracias, *ma chère*, no puede usted figurarse lo importante que es esa promesa para mí. ¿Le parece bien que nos veamos dentro de una semana, aquí y a la misma hora? Puede que esté abusando de su capacidad para hacer promesas, pero me gustaría que me asegurara que vendrá. Pase lo que pase.

—Pase lo que pase —convino Silvia con una sonrisa.

35

Je te promets!
Johnny Hallyday

Silvia llegó a casa llevando en la mano el libro que le había «recetado» (y regalado) monsieur O'Flahertie: *El hombre que atravesaba las paredes*, de Marcel Aymé. El primer cuento, que daba nombre al libro, hablaba de un señor que, un buen día, descubría que podía atravesar las paredes y decidía hacer uso de esa capacidad. Se trataba de una fábula amable y muy querida por los parisinos, que habían dedicado al personaje una estatua cerca del cementerio de Montmartre. ¿Qué le estaría intentando decir su terapeuta al recomendarle aquella lectura?

Echó un vistazo al móvil y comprobó que Odysseus no había llamado ni le había dejado ningún mensaje. Ya llevaba tres días sin saber nada de él.

Cuando se disponía a leer el resto de los relatos, sonó el timbre.

Silvia se tensó de inmediato. Tuvo un mal presentimiento y pensó en Giulia. Pero después se dio cuenta de que había otra persona que aún le daba más miedo que la temperamental italiana: el propio Alain.

—Ábreme, mi amor —le dijo este desde el otro lado de la puerta—. He dejado a Giulia. Ahora solo somos tú y yo.

La invadió un torbellino de emociones y trató de calmarse. No estaba preparada para aquello, aún no... Era demasiado pronto para poder resistirse al hombre al que tanto había amado durante años.

Cogió el móvil y marcó el número de Odysseus. Pero justo antes de pulsar la tecla de llamada recordó sus palabras: «No quiero que estés conmigo por temor a no poder olvidar a otro hombre». Y sintió que lo estaría traicionando si lo llamaba. Que, en cierto modo, lo estaría utilizando como un objeto.

—Por fin podremos ser felices —dijo Alain con su voz de terciopelo—. Por fin tendremos todo el tiempo del mundo para nosotros dos. Es nuestro momento.

Silvia escuchaba las palabras de Alain en una especie de trance, como si no fueran dirigidas a ella, como si formaran parte de una película anticuada y previsible. Algo en su manera de hablar le resultaba insoportable, casi repugnante, y a la vez algo la conmovía hasta lo más profundo de su ser.

De lo único de lo que estaba segura era de que no confiaba en él. No pensaba que estuviera diciendo la verdad cuando aseguraba haber dejado a Giulia. Aquello, simplemente, no encajaba con la personalidad de Alain.

El teléfono vibró en sus manos, dándole un buen susto. Silvia deseó con todas sus fuerzas que se tratara de Odysseus. Sin embargo, el mensaje era de Giulia.

Ante todo, quisiera disculparme por haber entrado en tu casa. Tú no tienes la culpa de que Alain sea un marido horrible. Como yo tampoco la tengo y estoy cansada de aguantarle, he decidido prescindir de él. Supongo que irá a buscarte, ya que nunca ha sabido estar solo. Personalmente no te lo recomiendo, pero si lo quieres, puedes quedártelo. No haré nada para impedirlo, ni volveré a molestarte.

Atentamente,

GIULIA

Al leer esas palabras, su piel se quedó helada mientras su interior ardía de rabia y de vergüenza. No quería que aquella mujer tuviera su número de teléfono. Odiaba ser consciente de que Alain le hubiera mentido, una vez más, al decirle que era él quien había dejado a su mujer.

Sin embargo, tras la oleada inicial de indignación se dio cuenta de que aquel mensaje significaba que había llegado el momento que había estado esperando durante años. Después de tanto sufrimiento, tenía al alcance de su mano lo que tanto había soñado, aquello por lo que había suspirado en sus innumerables noches de soledad. Ya no había equívocos, no había malentendidos, no había dolor. Giulia estaba conforme.

Quizá Alain fuera un mentiroso torpe y previsible, pero era *su* Alain y estaba suplicando en su puerta. La quería a ella. Por fin. Aquello abría un horizonte de posibilidades, como la de empezar una relación sana desde un punto de partida razonable. Podrían vivir su amor libremente, como adultos. Quizá bastara con eso para cambiarlo todo, para solucionarlo todo.

—Preciosa —dijo Alain—, ¿recuerdas cuando estuvimos en el monte Saint-Michel? Hacía un frío tremendo y tú te habías empeñado en llevar aquella gabardina tan fina. Al final te dejé mi abrigo y el que se murió de frío fui yo, pero estabas tan guapa cuando sonreías que me calentaba con solo mirarte. Había muchísimos cangrejos corriendo por la playa. Cenamos en ese pequeño restaurante y nos acabamos dos botellas de vino.

Silvia asintió, sin poder evitar una sonrisa nostálgica. Aquel viaje, al principio de su relación, había sido una de las experiencias más hermosas de su vida.

—Y aquella vez que nos encontramos en el teatro por casualidad... Yo iba con unos amigos y tú con Isabel y su hija. Nos vimos de un lado a otro del teatro, y sin decirnos nada nos reunimos en un pasillo y nos besamos a oscuras hasta que nos quedamos sin aire...

Alain siguió hablando de todos aquellos recuerdos como si fueran tesoros, las experiencias más importantes de su vida. Su voz estaba cargada de emoción. De verdad la quería. De verdad lo había dejado con Giulia y no importaba tanto cómo hubiera sucedido. De verdad estaba en su puerta, suplicándole para que le abriera.

Silvia se levantó y fue hacia la entrada. Sin embargo, mientras caminaba hacia la puerta oyó la voz de monsieur O'Flahertie: «No puede permitirse retroceder ahora».

Sobresaltada, se paró en seco y miró a su alrededor. Había tenido la impresión de oír realmente aquella voz, no de recordarla en su mente. Pero allí no había nadie. Con una punzada de culpa, pensó que estaba incumpliendo la promesa que le había hecho al terapeuta tan solo unas horas antes.

O quizá no. Quizá abrir a Alain no fuera «retroceder» sino aceptar una responsabilidad. ¿Y si se trataba de la opción más madura, la que supondría asumir las consecuencias de sus actos y sus deseos? Ella le había dicho muchas veces que le amaba, que era suya. ¿Qué clase de persona sería si incumplía todas esas promesas?

Abrió la puerta.

—He traído caviar con blinis para la cena —dijo con una sonrisa medio culpable medio pícara. Sabía que ella le abriría.

Eran las palabras que había soñado oírle pronunciar en tantas ocasiones. El corazón se le derritió al verlo allí, tan vulnerable, mirándola con una mezcla de incertidumbre y juego.

Se dio cuenta de lo mucho que había echado de menos su olor, su aspecto, su presencia. Había creído que podría encontrar sustitutos, vivir en un mundo de falsificaciones, pero lo cierto era que no había nadie capaz de despertar tantas sensaciones en ella como aquel hombre.

—Voy a hacerte muy feliz —le aseguró él—. Te lo prometo.

Vaya. Todo apuntaba a que aquella terminaría por convertirse en la jornada internacional de las promesas incumplidas. Silvia se sacudió aquel pensamiento negativo y se dejó abrazar y mimar por Alain. Sin embargo, cada vez que cerraba los ojos se le venía a la cabeza una palabra: «Tristeysola». La compañía de Alain no conseguía que olvidara ese nombre.

36

La chanson des vieux amants

Jacques Brel

La oficina era la misma de todos los días, y sin embargo parecía distinta, más apagada y mediocre. Por supuesto, no era la oficina lo que había cambiado sino la propia Silvia.

—Tienes mala cara —le comentó Mathilde—. ¿Has dormido bien?

—Lo cierto es que no —masculló Silvia.

Y era verdad. Se había pasado la mitad de la noche sin pegar ojo.

¿Qué le pasaba? Debería estar contenta. Por fin tenía a Alain a su lado, compartiendo las noches con ella. Los obstáculos habían desaparecido. Y su manera de agradecerle eso a la vida era estar tensa e irritable, suspicaz, como esperando que algo malo pudiera suceder en cualquier momento. Como si ya no confiara en Alain.

Por otra parte, la desaparición de Odysseus le creaba cierta ansiedad. Se había prometido a sí misma que no iba a permitir que aquella ausencia la afectara; después de todo, aquello era lo normal tras una noche loca, por muy intensa que hubiera sido. Él no tenía ningún compromiso o responsabilidad hacia ella. Si lo viera, se comportaría con educación y amabilidad.

Entonces, tratando de cambiar de tema, advirtió que la que lucía un aspecto espléndido era Mathilde.

—Ya me contarás tu secreto para venir tan resplandeciente al trabajo un jueves cualquiera —le dijo.

Mathilde se cubrió la boca con la mano.

—Es un secreto muy simple. Estoy feliz. ¿Te acuerdas de Pierre?

Silvia frunció el ceño y tardó unos segundos en localizar aquel nombre.

—¡El detective! —exclamó.

—¡Chisss! —le pidió Mathilde, muerta de risa—. No quiero que se entere toda la oficina.

—¿Estáis saliendo? —susurró Silvia.

—Sí —dijo sacudiendo la cabeza con entusiasmo de arriba abajo.

Silvia se sintió culpable por no estar tan contenta y emocionada. Lo único que fue capaz de comentar fue:

—Bueno, a este no le puedes poner los cuernos o te pillará enseguida.

Mathilde se echó a reír.

—¡Qué cosas dices! Si tuviera previsto ponerle cuernos no habría empezado nada con él.

—Era una broma, guapísima. Me alegro mucho por los dos.

—Yo también —aseguró entonces Mathilde, quien se quedó mirando al vacío embobada durante unos segundos, perdida en sus agradables pensamientos—. Por cierto, ¿sabes alguna cosa de Brunhilde? No ha venido en toda la semana.

—No tengo ni idea de qué le ha pasado —reconoció Silvia, que estaba demasiado inmersa en sus propias emociones para darse cuenta de lo que sucedía en el mundo real—. Vamos a preguntarle a Clo.

Esta les informó de que su amiga se había roto un tobillo y que había intentado inmovilizar la fractura con vendajes de punto tejidos por ella misma, con resultados bastante catastróficos. Quedaron en mandarle flores a casa.

—En realidad lo que esa chica necesita no son flores, sino un buen par de zapatos cómodos —gruño Clothilde, que siempre había sido partidaria de la ropa funcional.

—Otro que lleva toda la semana sin venir es el griego —observó Mathilde.

Clothilde suspiró.

—Sí. Y el jefe está deprimido desde que no viene. Pero no me atrevo a preguntar.

A Silvia la jornada en la oficina se le hizo corta. A pesar de que no había demasiado trabajo, se quedó una hora más hasta que puso en orden una base de datos que no hacía falta absolutamente para nada.

Cuando regresó a su casa, se encontró con la maleta de Alain en la garita de la portera, y solo entonces se dio cuenta de que no le había dado llaves.

—¡Mademoiselle Patiño! —exclamó madame Bayazeed—. ¡Esta maleta es de un hombre que ha dicho que la lleve a su piso!

La portera voceaba encantada de poder transmitir aquella información a los cuatro vientos.

El ascensor estaba roto. Silvia se sintió tentada de dejar allí la maleta para que fuera Alain quien la subiera cuando llegase, pero quería minimizar los cotilleos y cada minuto que ese bulto sospechoso permanecía en la portería podía generar nuevas oleadas de especulación entre sus vecinos, siempre suspicaces cada vez que se cruzaban con ella. De modo que acarreó la maleta escaleras arriba, gruñendo de fatiga y bastante enfadada.

Alain llegó tarde, sin ni siquiera avisar, y traía otra maleta y una botella de licor italiano en recuerdo de una de las primeras noches que habían pasado juntos. Ella frunció el ceño, porque dicho recuerdo para ella era agridulce. En aquel momento Silvia ignoraba que estuviera casado y que su esposa compartiera nacionalidad con la botella de licor que estaban disfrutando.

En cuanto la vio, él se percató del estado de ánimo de Silvia y desplegó sus encantos como solo él sabía hacerlo. Tardó escasos minutos en hacerla reír, y al poco rato había conseguido quitarle parte de la ropa.

—Déjate llevar —le susurró al oído—. Somos libres, ya no existen obstáculos. No permitas que quede ninguno dentro de ti. Disfrútalo… esto solo es el principio.

Silvia sonrió.

—Tienes razón. Tengo que aprender a relajarme. Las últimas semanas han sido bastante intensas.

—¿Qué te parece si te doy un masaje? Pero primero voy a poner un poco de música.

Alain conocía su cuerpo mejor que nadie. Era capaz

bibliotheca SelfCheck System
WALNUT CREEK
Contra Costa County Library
1644 N Broadway
Walnut Creek, CA 94596
(925) 977-3340

Customer ID: **************

Items that you checked out

Title: Esperame en la u ltima pa gina /
ID: 31901060807833
Due: Tuesday, November 13, 2018
Messages:
Item checked out.

Total items: 1
Account balance: $5.45
10/23/2018 1:26 PM
Ready for pickup: 0

Renew online or by phone
ccclib.org
1-800-984-4636

Have a nice day!

de tensarla a su antojo si se lo proponía, pero también tenía el poder de transmitirle, solo con sus manos y sus palabras, toda la calma y tranquilidad de una puesta de sol en el océano.

Ella se dejó hacer y se fue sumergiendo lentamente en el mundo submarino de las caricias expertas de su amante. Mejor dicho, de su pareja.

Hicieron el amor mirándose a los ojos, con solemnidad, sin prisas e intensamente, como exigía la ocasión. Él desplegó todos sus recursos para ganársela, para ablandarla y conquistarla con aquella dulce borrachera.

Cuando él se desplomó, agotado por el esfuerzo, y ella se dio la vuelta en la cama mirando hacia la ventana, todas las sensaciones que acababa de experimentar se condensaron en el recuerdo de otro hombre. Y aunque intentó combatirlo, sintió que una lágrima traicionera, relacionada con las contradicciones del placer, el afecto y la esperanza, se deslizaba por su mejilla.

37

À quoi sert de vivre libre?

Pierrette

El viernes fue mejor que el jueves. Odysseus tampoco apareció por la oficina, y Silvia llegó a desear que no lo hiciera nunca. Sería mucho más sencillo para ella no volver a verle.

En realidad, no acababa de comprender qué motivos habían llevado a desaparecer por completo al hombre que trabajaba para su jefe. Este estaba irritable y nervioso, más pálido y delgado que nunca. Ya resultaba imposible disimular que estaba enfermo, e incluso los más despistados habían terminado por preguntar de manera discreta qué estaba pasando. Silvia llegó a pensar que todo aquello era por su culpa, y que el griego había dejado de acudir a la oficina precisamente para no verla, a pesar del perjuicio que esto pudiera ocasionarle a monsieur Lestaing.

Sin embargo, aquello no casaba con la imagen que tenía de Odysseus, con el hombre que había conocido, tan entregado a sus clientes. Una cosa era que quisiera dejarle claro que no volvería a producirse ningún encuentro entre ellos, y otra muy distinta que esa decisión repercutiera en la calidad de la atención a un enfermo. Quizá estuvieran quedando en otro lugar...

Ella, por su parte, tenía la conciencia tranquila respecto a su actitud hacia el griego. Se había comportado en todo momento como la persona sensata y razonable que era, y no se había puesto en contacto con él para reclamar su atención. Una vez que comprendió que él no deseaba seguir viéndola, había hecho lo posible por pensar en otras cosas y, afortunadamente, justo en ese momento había reaparecido Alain. No se vio obligada a elegir entre el pasado y la novedad. Por una vez, el destino había hecho bien las cosas.

Pero cuando entró en el ascensor al salir del trabajo y se vio allí sola, echó de menos, más de lo que estaba dispuesta a reconocer, el peso de ciertos ojos negros sobre su cuerpo.

Esa tarde, Silvia le entregó a Alain las llaves, y él la invitó a cenar y la llevó a un concierto de jazz. Estuvieron muy a gusto. Ella trató de espantar otros pensamientos, y se repitió a sí misma que aquello era lo que siempre había deseado. Él estuvo encantador. Empezaba a comprender por qué Giulia había permanecido a su lado durante tantos años a pesar de la desconfianza y las infidelidades.

Aquella sería otra conversación que debería mantener con él, tarde o temprano. Aunque quizá nunca lo hiciera. ¿No sería mucho más sencillo dar por supuesto que ese comportamiento formaba parte de la naturaleza de Alain y no darles importancia a sus aventuras si alguna vez llegaba a tenerlas? En ocasiones la ignorancia sobre determinados asuntos es saludable para la cabeza. No era el pensamiento más consolador y alegre del mundo, pero era cómodo.

Al regresar del concierto, Alain empezó a ordenar sus cosas en la casa. Mientras lo hacía, se le cayó un libro en la cabeza.

—¡Tus objetos me atacan! —se quejó.

—Estaría mal puesto en la estantería.

—Pues yo creo que lo ha hecho a propósito. ¡No me gustan los libros con títulos en latín!

Silvia recogió del suelo un antiguo ejemplar de *De profundis*, lo acarició y sintió la tentación de releerlo. Sin embargo, se dio cuenta de que aquella lectura no era la que más le convenía en aquel momento. No iba a ayudarla en su decisión de intentar algo serio con Alain, sino al contrario. De modo que, sintiendo una suerte de culpabilidad cuyo motivo no acababa de comprender, volvió a guardar el libro en la estantería.

Observar los objetos de Alain colocados en su casa le producía una extraña satisfacción. Pero no era algo de lo que se sintiera orgullosa, porque le parecía que estaba relacionado con haber conseguido un trofeo, no con el amor por sí mismo.

Él se mostraba encantador, atento a los mínimos detalles. Pasaron la mañana del sábado en la cama escuchando discos viejos y bebiendo champán. Silvia estuvo a gusto y relajada, trabajando en recuperar la confianza en él, hasta que Alain dijo:

—¿No vas a presentarme a alguno de tus amigos?

Silvia lo miró con suspicacia. Durante los años en los que habían sido amantes él había evitado la posibilidad de que nadie los viera juntos, y eso, por supuesto, incluía a los amigos y conocidos de Silvia. Era como si él quisiera que su presencia fuera invisible, de las que se pueden deshacer en cualquier momento. Que no dejara huellas en su vida.

—Bueno, no veo la urgencia.

Él la tomó por las manos y la miró a los ojos.

—Creo que sería empezar con buen pie. Sé que en muchas ocasiones no lo he hecho bien contigo, cariño, pero al final las cosas acaban encontrando el camino correcto. La sabiduría del universo es mucho mayor que la mía.

De modo que Silvia, llena de dudas, levantó el teléfono y llamó a Isabel. Se vieron esa misma noche, pero su amiga no los invitó a ir a su casa sino que quedaron en una cervecería irlandesa, lo que trajo a Silvia una serie de recuerdos inconvenientes.

—Me alegro de conocerte por fin, después de haber oído *tantas* cosas sobre ti —le dijo Isabel—. Antes de que cojamos confianza, me gustaría advertirte de que como le hagas daño a mi amiga te cortaré los huevos.

—¡Isabel! —exclamó Silvia.

Pero Alain se lo tomó bien.

—Tiene razón, pequeña. Tiene razón. No siempre me he portado bien contigo, ¿verdad?

Silvia se quedó de piedra. Era la primera vez que Alain reconocía aquello delante de otra persona. Isabel los contemplaba a ambos con interés.

—Pero todo va a cambiar. He pasado por una situación difícil, ¿sabes? Eso se ha terminado. Después de los períodos de crisis, las prioridades se ponen en orden ellas solas.

Dicho lo cual, le dedicó a Silvia tal mirada de entrega y pasión que Isabel hizo un disimulado gesto de abanicarse con la mano.

Acompañaron a Isabel hasta su portal y regresaron a casa sin soltarse de la mano. Silvia había creído ver cierta aprobación en los ojos de su reticente amiga, y estaba empezando a darse permiso para disfrutar de aquello, para dejarse invadir por el bienestar de tener tan cerca a Alain, de poder abrazarle a cualquier hora, de que por fin fuera para ella.

Estaban a punto de entrar en el portal cuando el teléfono de Silvia vibró con una urgencia que estuvo a punto de hacerle dar un traspiés.

—¿Quién es? —preguntó Alain mientras abría el portón.

—No tengo ni idea —gruñó ella, tratando de pescar el móvil en su bolso. Al mirar la pantalla leyó «Monsieur O'Flahertie».

Extrañada, y con cierta preocupación, cogió la llamada.

—*Allô?* —preguntó.

—Silvia, necesito ayuda —dijo la inconfundible voz del irlandés—. ¿Puede venir, por favor?

Entonces se cortó la línea.

38

Padam, Padam
ÉDITH PIAF

—Tengo que ir a ver a un amigo —le dijo a Alain mientras entraban en el portal.

—Un momento, cariño. ¿Qué clase de amigo? ¿Te vas a ir precisamente ahora, en nuestro primer día juntos como pareja?

Silvia se sacudió el chantaje con un movimiento de cabeza.

—Es una emergencia —mintió.

—¿Ni siquiera me vas a contar de qué se trata?

—Tengo un poco de prisa, Alain. Te prometo que te lo contaré todo a mi regreso, ¿de acuerdo?

Para aquel entonces ya le habría dado tiempo de inventarse algo que sonara medianamente verosímil. Alain no tuvo más remedio que aceptar, y se despidió con un intenso beso en la boca, como si la estuviera marcando.

Decidió coger un taxi, sin dejar de preguntarse qué era lo que podría haberle sucedido al consejero. Al llegar a la habitación de monsieur O'Flahertie se encontró la puerta entreabierta.

—¿Hola? —dijo al entrar.

No hubo respuesta.

Entonces entró en la sala y vio que estaba completamente cambiada. Las estanterías de libros que solo un par de días antes habían llenado las paredes se habían desvanecido, como si nunca hubieran estado allí. Los muebles de época habían sido sustituidos por piezas contemporáneas, sin personalidad, las mismas que habría podido encontrar en cualquier otro hotel.

Asombrada hasta el punto de no saber qué hacer, Silvia caminó lentamente hacia la ventana preferida de monsieur O'Flahertie, aquella desde la que solía contemplar a los paseantes y hacer agudos comentarios.

En el alféizar había un libro, como si fuera el único testigo silencioso de la habitación que ella recordaba. Lo recogió, perpleja, y vio que la ilustración de la portada representaba un viejo recorte de periódico, en el que un anuncio por palabras destacaba entre el resto.

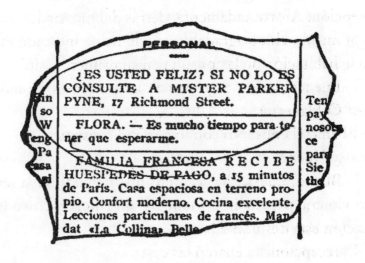

Se titulaba *Parker Pyne investiga*, y era un título de Agatha Christie que ella no conocía.

—¿Es usted feliz? —pronunció Silvia en voz alta.

«¿Es usted feliz?», repitió el eco.

Ella giró la cabeza a un lado y a otro mientras su corazón se aceleraba. Por un instante, Silvia habría jurado oír esas palabras como si las hubiera pronunciado la calmada voz de monsieur O'Flahertie. Pero estaba sola. Había sido una falsa impresión, quizá algún sonido de la calle que se había mezclado en su cabeza con lo que estaba leyendo. Era comprensible que los sonidos reverberaran en una habitación tan vacía.

Se metió el libro en el bolso. Aquel era el único resto que quedaba del maravilloso mundo del consejero literario. ¿Cómo era posible?

Llamó por teléfono al terapeuta y no obtuvo respuesta. Confusa, como si estuviera atrapada en una especie de pesadilla de contornos blandos y movedizos, bajó las escaleras con la rigidez de un autómata y se acercó a la recepción. Afortunadamente, detrás del mostrador estaba el mismo chico agradable que le había indicado cuál era la habitación de la consulta en su primera visita.

—Buenas tardes. Soy una de las pacientes de monsieur O'Flahertie...

El chico la observó con una mirada ausente.

—¿Y bien?

—Bueno, pues... he recibido una llamada suya para que viniera, parecía importante, y sin embargo... su habitación está desmontada.

El recepcionista enarcó las cejas.

—¿De qué habitación habla, señora?

Ella le dijo el número. El empleado consultó su pantalla.

—Esa habitación está libre, señora. No la ha ocupado ningún cliente en los últimos días.

—Pero eso es imposible. Monsieur O'Flahertie vive ahí... o vivía. Yo misma vine a visitarlo hace un par de días.

—Tal vez se tratara de otra habitación. Y me gustaría informarla de que la política del hotel impide aceptar huéspedes residentes a largo plazo.

—No puede ser... —repetía ella.

—Quizá... ¿Piensa usted que pudiera haber sido víctima de alguna especie de timo o engaño, señora? Le agradecería que diera parte de ello para que pudiéramos tomar las medidas oportunas si fuera necesario.

—Un momento... Hace menos de dos semanas usted mismo me indicó cuál era la habitación de monsieur O'Flahertie. Fingal O'Flahertie, el consejero literario. ¿No lo recuerda?

El recepcionista se frotó la boca con la mano tratando de controlar su frustración. Una de las premisas del hotel era mostrarse educado en cualquier situación.

—Señora, no tengo la menor idea de qué me está hablando.

39

Ne me quitte pas
Édith Piaf

No le apetecía meterse en el metro. Conmocionada, Silvia fue hacia el río y después continuó por la *rive gauche* hacia el oeste, tratando de pensar. Intentó llamar de nuevo a monsieur O'Flahertie, sin resultado.

Caminó durante largo rato, sin poder evitar la peregrina idea de que lo sucedido con el terapeuta y su despacho estuviera relacionado de forma intrínseca con la decisión de volver con Alain. Solo que aquello no era ni remotamente posible.

¿Dónde estaría el consejero? ¿Lo habrían desalojado y por eso llamó para pedir ayuda? ¿Por qué había sido tan extraña la reacción del empleado del hotel? Quizá, si se había producido algún problema, le hubieran obligado a guardar silencio. Política del hotel para evitar habladurías.

Estaba preocupada. Le vibró el teléfono y lo buscó frenéticamente en el bolso, pero era Alain. Ni siquiera lo cogió, por miedo a tener la línea ocupada y perder una llamada de monsieur O'Flahertie.

Cuando le empezaron a molestar los zapatos de tanto caminar, entró en un café y pidió una infusión de tila.

—¿Para los nervios? —preguntó el camarero, amablemente.

—Que sea doble —respondió ella.

Entonces sacó el libro que llevaba en el bolso y se puso a leer. Solo llevaba unas cuántas páginas cuando su teléfono, que había dejado sobre la mesa, vibró de nuevo. Era Alain, insistente. Respondió con un mensaje:

Estoy ocupada, asunto urgente, ayudar a un amigo. Cuando acabe te llamo.

Sabía que él no se conformaría con esa respuesta y que volvería a llamar, como efectivamente sucedió, pero todo lo que tenía que hacer era ignorarle. Y seguir leyendo.

Aquellas historias se parecían poco a todo lo que había leído antes de esa autora, y sin embargo tenían en común la penetrante lucidez en la observación psicológica de los diferentes tipos humanos, el estudio de sus detonantes y sus debilidades. Pero la premisa era maravillosamente distinta. Allí no solo no moría gente, sino que el amplio abanico de las posibilidades que podían tener lugar en el relato las convertía en imprevisibles.

¿Cómo era posible que un libro que parecía hecho a medida para ella, y que siempre había estado allí, hubiera tardado tanto en llegar a sus manos?

Se vio retratada en algunos de los personajes. Estaba empezando a comprender cuál era el motivo de que monsieur O'Flahertie le hubiera recomendado ese libro.

A medida que avanzaba la lectura se iba sintiendo cada vez más afectada.

En varios de los casos aparecía el mismo anuncio de periódico, el que comenzaba diciendo: «¿Es usted feliz?». Cada vez que leía esa frase no podía evitar preguntárselo a sí misma. Y no era capaz de encontrar una respuesta.

Había leído mucho acerca de la búsqueda del bienestar. Por ejemplo, que el momento de mayor felicidad es aquel en el que uno cree que está a punto de *empezar* a serlo. Eso lo había aprendido de Clarissa Dalloway, la protagonista de la novela de Virginia Woolf.

Silvia acababa de iniciar una nueva etapa que había anhelado mucho. Debería estar en ese momento de euforia, imaginando infinitas posibilidades, planeando veladas, excursiones y viajes junto con Alain. Y eso no estaba sucediendo. En lugar de arder en deseos de regresar a los brazos de Alain, que jamás había sido ni sería tan atento y cariñoso con ella como en aquellos días, allí estaba ella, sentada en un café con una tila doble porque un consejero al que conocía de tres veces le había hecho una extraña llamada. Y no tenía ganas de volver a casa.

Su primer pensamiento fue que esa actitud no era típica de ella; pero el segundo, para su sorpresa, fue exactamente el contrario. Sí que se reconocía anteponiendo su serenidad y el orden de su mente y sus ideas al deseo egoísta de otro. Aquella era la Silvia que siempre debería haber sido, y que llevaba tiempo desaparecida.

Por algún motivo, se le vino a la cabeza una de sus frases favoritas. Era un aforismo de su amado Oscar Wilde:

«La única manera de vencer la tentación es caer en ella».
Al comienzo de su relación con Alain se había dicho que
estaba cediendo a aquel impulso absurdo de estar con un
hombre casado solo para poder quitarse de encima el
deseo de hacerlo, ese encaprichamiento sin sentido de un
seductor al que desde el principio le vio las artimañas.
Y sin embargo había caído en esa tentación una y otra
vez, como quien tropieza varias veces en la misma piedra.
Como quien, de hecho, se enamora de esa piedra, hasta
el punto de llevársela a su casa y cederle la mitad de la
cama.

Siguió leyendo. Mientras lo hacía, de vez en cuando
se detenía a pensar. Alain insistió varias veces y ella no
respondió. No apagó el teléfono por si monsieur O'Flahertie se decidiera a llamarla, cosa que no sucedió.

Ya era tarde cuando terminó el libro y regresó a su
casa caminando, sin ninguna prisa. Abrió la puerta de su
piso y se encontró a Alain viendo la televisión. La maleta
que había traído ya no estaba en el salón.

—¡Por fin estás aquí! —dijo a la vez que se levantaba
para abrazarla—. ¿Estás bien? No cogías el teléfono… y
me tenías muy preocupado.

—Alain, no quiero vivir contigo. No quiero estar junto a ti. No quiero ser tu pareja. No me haces feliz. Lléva-
te tus cosas, por favor.

Él, menos sorprendido que indignado, frunció el ceño
y le escupió:

—Eres una bruja.

Ella sonrió de oreja a oreja.

—Exactamente.

40

La carte du tendre

Georges Moustaki

El lunes, cuando Silvia llegó a la entrada del edificio donde trabajaba se sentía más a gusto consigo misma, y más orgullosa de sus decisiones de lo que lo había estado en años. No había conseguido contactar con monsieur O'Flahertie y seguía sin saber nada de Odysseus, y aunque esas dos polillas oscuras revolotearan por su cabeza, lo hacían sobre un fondo tan luminoso y despejado como un cielo de verano.

Había encontrado algo muy parecido a la paz interior. Hasta que Alain salió por la puerta de su casa llevándose su maleta, no se dio cuenta de la enorme cantidad de rencor que había acumulado hacia él, de cuánto poso había dejado el dolor de tanta incertidumbre, de las interminables esperas. Verle abandonar su piso en mitad de la noche y no hacer caso de sus súplicas y ruegos había sido un acto salvajemente liberador.

Entonces descubrió a Clothilde. Se la notaba muy afectada, al borde de las lágrimas.

—¿Qué pasa, Clo? —le preguntó, alarmada.

La aludida, sin pronunciar palabra, señaló hacia la acera. Había una ambulancia.

—Es para François. Le ha dado una especie de ataque... No sabemos qué le pasa. Creo que se va a morir.

Silvia abrazó a su compañera, y al hacerlo tuvo la impresión de que estaba hueca por dentro, como si el dolor hubiera excavado galerías de termita en su carne.

—No me atrevo a ir sola al hospital —gimió Clothilde, con un hilo de voz que era prácticamente una confesión.

—Iremos las cuatro —le aseguró Silvia—. Se lo debemos.

Llamaron a Mathilde, que estaba en la planta de arriba sin saber qué hacer, y al mismo tiempo vieron llegar a Brunhilde, que se incorporaba después de su baja por enfermedad. Subieron en un taxi y le indicaron que fuera tras la ambulancia.

Mientras seguían al vehículo, que chillaba a los cuatro vientos su canto ensordecedor, Silvia pensó que quizá la sirena de las ambulancias sirviera para que algunas personas, repartidas por la ciudad, rezaran en silencio por el desconocido, rogando por su salud. Quizá aquella fuera la verdadera función de las sirenas.

Apenas hablaron durante el trayecto. Clothilde se derrumbó y no dejó de sollozar hasta que estuvieron a las puertas del hospital. Entonces se refugió un momento en el cuarto de baño y luego salió tan sonriente como siempre, tras haber borrado el rastro enrojecido de las lágrimas.

Después de una hora de espera, la doctora les dijo que

el estado de monsieur Lestaing era crítico, y que seguramente no le quedaran más que unas horas de vida.

Las cuatro compañeras bajaron a la cafetería del hospital. Necesitaban un café.

—¿Creéis que deberíamos quedarnos? —preguntó Silvia.

Mathilde y Brunhilde se miraron.

—La verdad es que hay bastante trabajo en la oficina —dijo Mathilde.

Resultaba obvio que prefería no quedarse allí esperando.

—Habrá que resolver muchas cosas. Nos espera una avalancha ahora que estamos solos... —añadió Brunhilde.

—¿Te importaría no hablar de él como si ya estuviera muerto? —gruñó Clothilde, con un tono muy alejado de su acostumbrada amabilidad.

Brunhilde la miró muy sorprendida.

—Vamos a hacer una cosa —propuso Silvia—. Vosotras dos os vais a la oficina, Clothilde y yo nos quedamos aquí, y nos vamos informando las unas a las otras. ¿Os parece bien?

A Brunhilde y a Mathilde aquello les pareció más que bien. Se agarraron a la oportunidad de irse de allí como a un bote salvavidas. Vaciaron sus cafés de un trago y se despidieron, prometiendo estar pendientes de los teléfonos.

Silvia y Clothilde subieron de nuevo a la planta, justo a tiempo de ver llegar a Odysseus con una elegante mujer de unos cuarenta años. Vestía un traje de chaqueta oscuro, de un tono parecido al que él llevaba. Entre ellos había un entendimiento sin palabras. A Silvia le pareció bastante probable que fueran marido y mujer. Ellos aún no las habían visto.

Sin poder evitarlo, se escondió tras una esquina y apoyó la mano sobre su pecho para intentar calmarlo, como si se tratara de un animal asustado. Clothilde la siguió.

—¿Te encuentras bien? Ni que hubieras visto a la mismísima muerte.

—Perdona, Clo, solo ha sido un susto. Estoy bien.

—Ya —comentó esta, lacónica, con su habitual tono crítico—. Te has liado con el griego, ¿verdad? Y ahora has visto que va con otra.

—Creo que hoy no es el mejor día para que nos preguntemos con quién nos hemos liado, ¿no crees? —le dijo con cariño.

Clothilde, apurada, miró por la ventana.

—Tienes toda la razón. Lo siento.

Fueron hasta la sala de espera más cercana a la habitación de monsieur Lestaing. Odysseus y su acompañante habían entrado en la habitación.

—Pero ¡si a nosotras no nos han dejado verle! —exclamó Clothilde, indignada.

Fue a hablar con una enfermera para quejarse y esta le dijo que monsieur Lestaing había dado instrucciones precisas de que dejaran entrar a monsieur Thanos en cualquier circunstancia, incluso en un quirófano, si fuera necesario. Se trataba de su última voluntad.

Clothilde tragó saliva y palideció. El último deseo de su amante no había tenido nada que ver con ella.

—¿Al menos sabe que estamos aquí? ¿Podrían decírselo, por favor?

Al verla tan afectada, la enfermera anotó el nombre de Clothilde y le prometió hacer cuanto estuviera en su mano.

Silvia recibió un mensaje de Brunhilde en el que le decía algo acerca de que había olvidado entregarle un sobre gris. Se admiró de lo rápido que habían llegado a la oficina.

Y en ese momento Odysseus salió de la habitación del enfermo, mostrándose visiblemente conmovido. Lo acompañaba la mujer con quien había llegado. Al ver a Silvia, se le iluminó la mirada.

—No sabía que te encontraría aquí. Es una agradable sorpresa en un día tan triste —le dijo.

—Bueno, es tu trabajo, ¿no? La tristeza, quiero decir —le respondió Silvia, más seca de lo que hubiera deseado. No podía dejar de observar a la mujer elegante por el rabillo del ojo. ¿Por qué Odysseus hablaba con ella si su esposa estaba delante? ¿Serían una especie de pareja abierta?

Él frunció el ceño.

—¿Qué quieres decir? —Una luz de alarma se encendió en su mirada—. ¿Recibiste mi mensaje? —preguntó.

—¿Qué mensaje?

—Te dejé un sobre en la oficina. Se lo di a tu compañera de pelo rizado.

Silvia lo miró, sin comprender. Acostumbrada a las eternas excusas y argucias de Alain, dio por supuesto que aquello no sería sino una estratagema más.

Un momento. Pelo rizado. Brunhilde. La que le acababa de enviar un mensaje diciendo que…

—¿Un sobre?

—De color gris. ¿No lo recibiste?

Ella negó con la cabeza.

La enfermera acudió a llamar a Clothilde.

—Monsieur Lestaing desea hablar con usted —le dijo, con una sonrisa.

Clothilde entró en la habitación a toda prisa.

Odysseus le dijo algo a la mujer elegante, que hizo un gesto afirmativo con la cabeza. Y después volvió con Silvia.

—¿Te importaría acompañarme a dar un paseo? Tenemos un malentendido que deshacer.

41

Et maintenant
GILBERT BÉCAUD

Caminaron por el pasillo sin decirse nada.

—Conozco un lugar tranquilo —aseguró él—. Como te puedes imaginar, vengo bastante por aquí.

Cruzaron un par de pasillos más, traspasaron discretamente una puerta que tenía un cartel de NO PASAR y subieron una escalera de incendios. Llegaron a una pequeña terraza, casi un balcón, en la que no había nadie. Estaban en un piso alto y la vista de París, a lo lejos, era digna de ser contemplada.

—Llevo toda la semana de viaje —explicó él—. Monsieur Lestaing tenía una cuenta pendiente y mi obligación era hacer todo lo posible para resolver esa situación. Tuve que ir hasta Qatar y pasar allí varios días. Me costó mucho convencer a la persona en cuestión...

—¿La mujer que ha llegado contigo? —preguntó tímidamente ella.

—Sí. Es la hija de monsieur Lestaing...

Durante unos segundos, el alivio que sintió al comprobar que aquella no era la esposa de Odysseus fue tan intenso que dejó de escuchar sus palabras.

—Lo importante es que hayamos llegado a tiempo y que hayan podido hablar. Madame Renaud…

—Un momento… un momento. ¿Me estás diciendo que esa mujer es Alexia Renaud? ¿La famosa bióloga?

—Exacto. Desde que rompieron relaciones, ella hizo todo lo posible para ocultar que eran padre e hija. Incluso se cambió el nombre.

—Había oído rumores de que ella fue su asistente, y de que las cosas no acabaron bien entre ellos… pero no pensaba que fueran verdad.

—El descubrimiento que le dio la fama y que hizo posible que montara su empresa no lo realizó él solo. La contribución y las ideas de su hija fueron decisivas para encontrar la enzima que resultó clave en el proceso. Sin embargo, cuando llegó la hora de publicar los resultados, Lestaing hizo lo que le recomendó su catedrático, lo mismo que hacía todo el mundo en aquella época, y no incluyó el nombre de Alexia.

Silvia asintió. Ella misma había tenido alguna experiencia semejante en la universidad.

—Ella se enfrentó a él, por supuesto, y le dijo que hiciera una rectificación pública. Lestaing, que llevaba toda la vida de laboratorio en laboratorio y de clase en clase, y que padecía una inadaptación social aún mayor de la que sigue haciendo gala, interpretó aquello como una chiquillada, como una rebeldía adolescente, y no le dio importancia.

—Toma ya —exclamó Silvia admirada.

Odysseus asintió.

—Alexia, sintiéndose traicionada, huyo del país y desde entonces no ha querido cruzar palabra con su padre.

Silvia suspiró.

—Qué difícil es todo.

—Creo que Alexia ha sido la persona a la que más me ha costado convencer en mis largos años de profesión. Tardé cinco días. No sirvió de nada que le contara que Lestaing había escrito, por fin, una explicación y una disculpa pública de lo que sucedió y que ya se había enviado a las más importantes revistas científicas y universidades del planeta. Tuve que apelar a todo tipo de argumentos éticos y morales, e insistir durante días para convencerla. Fue agotador. Siento no haberte llamado... creo que esperaba que lo hicieras tú después de leer mi mensaje, y eso... no sucedió.

Entonces Silvia se dio cuenta de que él había estado igual de inseguro, igual de añorante, durante todo el tiempo que habían pasado sin verse, con la misma incertidumbre acerca de si volverían a encontrarse o no.

El teléfono de Odysseus palpitó en el interior de su chaqueta.

—Es Alexia —dijo—. Tengo que ir con ellos. No te vayas de aquí sin mí, por favor.

—No... no lo haré —respondió ella.

El salió corriendo hacia la habitación del enfermo. Silvia contempló una vez más la espectacular vista y al posar la mirada en el suelo vio aparcar un coche que le resultó familiar. No recordó de qué le sonaba hasta que vio salir a André, el marido de Clothilde.

Entró en alerta roja. Quizá Clothilde estuviera con monsieur Lestaing mientras este vivía sus últimos momentos. Si André oyera algo… Si simplemente la viera en ese estado, quizá lo adivinaría todo, como le había sucedido a la propia Silvia. Tenía que distraerle para darle tiempo a Clothilde.

Agitó los brazos fuertemente.

—¡André! ¡André, aquí arriba!

El despistado marido de su compañera levantó la cabeza.

—¡Espérame en la cafetería! ¡Ahora bajo!

Confuso, él asintió, y Silvia salió disparada.

En el ascensor, envió un mensaje de texto a Clothilde:

André está aquí. Intentaré entretenerlo, pero no creo que pueda distraerle más de 20 minutos.

Con eso bastaría. Sabía que Clothilde siempre llevaba encima el teléfono con la disciplina de un oficial prusiano, con el vibrador a tope.

—¡André! ¡Qué alegría verte! —dijo cuando se lo encontró en la cafetería.

Este la observó con cierta sorpresa.

—Bueno, no sé si es la palabra más adecuada en un momento como este.

Silvia, cuya emoción predominante era un pequeño brote de euforia causado por el prometedor reencuentro con Odysseus, trató de componer un rostro de circunstancia.

—Tienes razón, estamos todas muy nerviosas. Ya sabes que el futuro de la empresa no está nada claro... ¿Te importa tomarte un café conmigo? Llevo aquí toda la mañana y no veo la hora de...

—Creo que debería saludar primero a Clothilde.

—No te preocupes, acabo de estar con ella y está colgada al teléfono solucionando cosas de la oficina. Ya sabes lo eficiente que es.

—Sí, por eso no me ha cogido la llamada. Bueno, si tú dices que está bien, tendré que confiar en ti. Vamos a tomar ese café.

Escogieron una mesa tranquila y pidieron dos bebidas calientes. Mientras Silvia se devanaba los sesos para buscar temas de conversación que pudieran tener entretenido durante veinte minutos a aquel pazguato, fue él quien la pilló por sorpresa.

—De hecho, Silvia, hay algo de lo que me gustaría hablar contigo. Se trata de Alain.

42

La valse des regrets
GEORGES GUÉTARY

Ella lo miró como si le hubieran brotado dos cabezas.

—¿Alain? —susurró.

—Es amigo mío. De hace tiempo. Ya sabes que entre hombres no se lleva decir este tipo de cosas, pero creo que es mi mejor amigo. O yo el suyo. Nos conocimos porque en su revista buscaban científicos que les pudieran asesorar con determinados temas. Nos caímos bien, descubrimos que vivíamos cerca y empezamos a quedar de vez en cuando.

—Por eso Clo conoce a Giulia… —pensó en voz alta ella.

—Sí. Hemos salido los cuatro bastantes veces. Se llevan muy bien.

Silvia tragó saliva.

—Gracias por no haberle dicho nada —susurró.

—La vida de cada uno es la vida de cada uno. Ya sabes que yo no comparto la afición de mi esposa por las revistas de cotilleos.

—¿Y desde cuándo sabes… que soy yo?

—Casi desde el principio. En cuanto me contó que estaba teniendo una aventura, Alain ya no dejaba de hablar de ti. Lo inteligente e independiente que eras. Y además apasionada, y buena cocinera. «La amante perfecta», me repetía sin cesar.

—La gilipollas perfecta —rumió ella.

—Cuando el asunto ya se había alargado un par de años, como es lógico le pregunté si no se planteaba dejar a su mujer para irse contigo. Él se echó a reír. «¿Para qué voy a renunciar a una si puedo tenerlas a las dos?», me dijo.

—Una lógica irreprochable —masculló Silvia, algo humillada.

André sacudió la cabeza. La conversación no estaba yendo por donde él había planeado. Qué mal se le daban aquellas cosas.

—Está hecho polvo. Se ha ido a dormir a una pensión de estudiantes. Cada vez que le llamo me habla de lo mucho que os echa de menos a las dos. Me da mucha pena verle así.

—Pues a mí no, la verdad. No voy a volver con él.

André la miro fijamente.

—Él dice que llevabas varios años lanzándole indirectas, diciéndole que quizá sería más feliz si se fuera contigo, invitándole a vivir en tu casa. Y justo cuando eso comienza a ser posible… vas y le dejas.

—Mira, André, entiendo que sea tu amigo, pero no tengo por qué soportar que me hagan reproches. ¿Te ha pedido él que hables conmigo?

El esposo de Clothilde, apurado, sacudió la cabeza.

—No, no, perdona, me estoy expresando mal todo el

rato… No quiero echarte en cara que le hayas dejado. De hecho, creo que es lo mejor que podía pasar. Al menos para Alain. Y seguramente para ti también.

Silvia resopló.

—Explícate. Pero antes dime si él sabe que me conoces.

—No, no tiene ni idea. La verdad es que siempre me dio la impresión de que decírselo podría ser una fuente de problemas para mí y de preocupaciones para él.

Ella le miró tratando de calibrar su sinceridad. Lo vio tan agobiado que le pareció que a André no se le daba demasiado bien mentir.

—A Alain le da terror tomar decisiones. No sabes lo mal que lo pasa intentando complacer a todos los que le rodean. Es de locos. Como tiene tanto miedo a perder a la gente, trata de contentarlos con promesas, pero claro, luego es peor porque no suele cumplirlas. No sabes la de tiempo que lleva jurándome que va a ir conmigo al billar… Sé que acabará yendo algún día, pero puede que tarde tres años.

Solo entonces ella se dio cuenta de que André había sido el guardián de su secreto durante años y no se lo había dicho a nadie. Aquello hizo que el concepto que tenía de él mejorara muchos enteros.

Silvia no supo qué responder a las palabras del marido de Clothilde.

—Lo que quería decirte… lo que me gustaría que supieras… es que cuidaré de él. Intentaré que no vuelva a llamarte, aunque creo que sería buena idea que cambiaras de número de teléfono.

Ella asintió. Ya contaba con tener que hacerlo.

—Debe aprender a estar solo, aunque sea unos meses. Se estaba volviendo loco tratando de teneros medianamente contentas a las dos sin que ninguna se quejara, sin que la cosa estallara. Y ahora se ha encontrado con aquello a lo que tenía más miedo, por partida doble: os ha perdido a las dos al mismo tiempo.

—Quizá si no hubiera empleado unas tácticas tan manipuladoras y egoístas, no le habría sucedido eso.

—Es una manera de verlo. Silvia, no sé los detalles de lo que ha sucedido entre vosotros, pero puedo sentir que estás dolida. Ojalá las cosas hubieran sucedido de otra forma…

—Para que las cosas sucedan de manera diferente la gente tiene que hacer un esfuerzo por cambiar. Alain no quería cambiar porque la situación le parecía estupenda tal y como estaba. No le deseo ningún mal, pero yo ya no puedo estar allí para él. Lo siento mucho.

André sacudió la cabeza en una triste afirmación.

El teléfono de Silvia vibró. Era un mensaje de Clothilde.

François ya no está entre nosotros. Dame cinco minutos más y sube.

—Él te ha querido mucho. A su manera cobarde, has sido importante en su vida. Le devolviste la ilusión cuando estaba atravesando un mal momento. Le hiciste recuperar su juventud…

Silvia se echó a reír.

—André, perdona, pero ¿te estás oyendo? Parece que estás recitando una canción de los setenta. Toda mi relación con Alain no ha sido más que un gigantesco cliché, en el que cada uno de los dos hemos cumplido a la perfección con nuestro papel. El marido que no puede evitar enamorarse de dos mujeres a la vez, la «amante perfecta», devota, que le espera durante años, con el sueño de que su cuento de hadas se haga realidad. Es una de las historias más contadas, el argumento inagotable de películas y folletines. El drama romántico de nuestros días. Sin embargo, hay una pequeña diferencia entre los roles que nos han tocado, y es que no creo que exista ningún hombre que no haya fantaseado alguna vez con el papel de Alain, mientras que muy pocas mujeres desearían mi destino.

—Hasta ahora —la corrigió el—. ¿Cuántas mujeres enamoradas del marido de otra darían cualquier cosa por que este quedara libre y se fuera con ellas?

—Sí, estás en lo cierto. Yo pude tener ese final feliz de cuento de hadas. Solo que no habría sido un final: habría sido otro principio más, repetido con el mismo hombre, y ya he tenido muchos de esos. Ya sé lo que pasa después: dudo mucho que una situación diferente pudiera cambiar al hombre que conozco. Alain, para mí, siempre será una piedra, porque he tropezado tantas veces con él que no sé si podría verle de otra manera.

—Tus palabras son duras… pero no suenas como si estuvieras enfadada.

—No lo estoy. —Silvia sonrió—. Enfadarme sería un tropiezo más en esa misma piedra.

André se quedó pensativo.

—Alain me ha dicho muchas veces que envidiaba la relación que yo tengo con Clothilde, ¿sabes? Decía que a él le gustaría querer lo bastante a alguien como para serle fiel. Siempre he pensado que contigo él habría podido encontrar la estabilidad, que le habrías convertido en el hombre que deseaba ser. Que eras «su buen camino».

Silvia sonrió ante aquella muestra de inocencia. Alain podía haber escogido estar con ella durante muchos años y no lo hizo.

—Nadie puede ser el camino de nadie, André. Si él hubiera querido ser fiel lo habría sido, con ella, conmigo o con otra. Supongo que la fidelidad no es con la pareja, sino con uno mismo.

43

Rien n'a changé
GEORGES MOUSTAKI

Cuando subieron a la planta, Clothilde se había recuperado admirablemente. Se la notaba cansada, pero algún colirio milagroso había borrado el enrojecimiento de sus ojos, y un maquillaje por el que Silvia le acabaría preguntando había devuelto la serenidad a su piel.

Ella y su marido se saludaron con afecto. Odysseus se acercó a Silvia en cuanto la vio.

—Monsieur Lestaing me ha entregado su testamento —le dijo a Silvia—. Monsieur Thanos, aquí presente, ha sido testigo del mismo. En el documento, la empresa Lestaing, S. A., queda en manos de sus empleados bajo la forma de sociedad de acciones.

Silvia levantó las cejas.

—Pero eso es... estupendo —susurró—. Es muy generoso por parte de... monsieur Lestaing.

Clothilde sonrió.

—Creo que nunca llegamos a conocerle del todo. Bajo su carácter arisco se escondía un hombre de gran corazón.

Alexia, la mujer que había acudido desde Qatar para que la última voluntad de su gran enemigo, y también su padre, pudiera cumplirse, se acercó a ellas y se presentó. Les dijo que estaría unos días más en París y que le gustaría establecer relaciones comerciales con ellas.

Silvia no sabía hasta qué punto Clothilde era consciente de quién era aquella mujer. Pero su compañera le dio el pésame por la muerte de su padre. Ella sí que lo sabía todo, siempre lo había sabido. Las dos mujeres más importantes en la vida del difunto conectaron enseguida, hasta el punto de que Clothilde se ofreció a llevarla de vuelta a la ciudad y Alexia aceptó.

—¿Quieres venir tú también, Silvia? —le preguntó Clothilde.

—No, prefiero volver sola —respondió.

—¿Estás segura? —insistió André, sin comprender.

Clothilde le dio un codazo.

—Pues claro que está segura. ¿Es que no la acabas de oír?

Alexia se despidió de Odysseus y le dio las gracias por ir a buscarla y haber tenido tanta paciencia para convencerla.

—Me alegro sinceramente de haber venido —reconoció.

Cuando la mirada inquisidora de André hubo doblado la esquina, Silvia le preguntó a Odysseus si le quedaba trabajo por hacer en aquel lugar.

—No, lo mío ya ha terminado. A partir de ahora se encarga Ferdinand. Déjame que ultime los detalles con él y nos vamos.

Odysseus cruzó un par de frases con un hombre vestido de oscuro y se despidió de él.

—Aún tenemos para rato —le dijo Ferdinand a Odysseus—. Descansa.

Unos instantes después, Silvia y Odysseus se encontraban, una vez más, a solas en un ascensor. Sin embargo, no se besaron.

—¿Crees que monsieur Lestaing ha muerto en paz? —preguntó ella.

—Sí —aseguró rotundo Odysseus—. La expresión de su cara no dejaba lugar a dudas. Cuando ha podido hablar con Alexia he visto que le invadía la misma paz que se dice que experimentan los creyentes después de su última confesión. Y después de hablar con Clothilde… no sé lo que se han dicho, pero estaba sonriendo. Muriéndose y sonriendo a la vez.

Silvia respiró hondo. A pesar de lo mal que lo había hecho con las mujeres, Lestaing había tenido la oportunidad de estar acompañado por sus dos grandes amores al final de su vida. Se preguntó, con cierta perversión, si Alain tendría la misma suerte.

—Te he echado de menos —dijo Odysseus, de improviso.

—Yo… yo también —masculló Silvia.

¿Qué pensaría el griego si supiera que en aquella semana había vuelto con su ex, lo había aceptado en su casa y después lo había dejado? Seguramente acabaría por contárselo, pero no sería aquel día. Menudo lunes.

Al salir al parking, él se dirigió hacia uno de los coches fúnebres que estaban allí aparcados.

—Me vas a tener que perdonar, pero no había otro vehículo disponible para traer a Alexia desde el aeropuerto y he tenido que venir en este.

Silvia examinó el elegante coche alargado.

—Es bonito —dijo sonriendo.

Entraron en el vehículo y Silvia se asombró de lo cómodos que resultaban los asientos. A él le divirtió el comentario.

—Entre todas las cosas que me ha dicho la gente a la que he tenido que transportar en uno de estos, aún no había oído lo de la comodidad.

—Pues es cierto. Y no solo eso… la tapicería es muy suave.

Su mano se deslizó sobre el cuero negro del asiento hasta tropezar con la pierna de Odysseus.

Este la miró fijamente.

—¿En serio? —preguntó, asombrado.

—Una vez, un hombre sabio me dijo que no había pasión más intensa que la que se producía después de haber mirado a los ojos de la muerte. Me gustaría comprobar si eso es ver…

No había acabado la frase cuando la boca de Odysseus, seguida de todo su cuerpo, empezó a comerle los labios. Sintió el peso de él sobre sus pechos. El sonido de su respiración agitada, tan cerca de las orejas, hizo que se estremeciera.

44

Non, je ne regrette rien
ÉDITH PIAF

—Los vidrios tintados permiten que nosotros veamos el exterior, pero no al contrario —susurró Odysseus.

—¿Estás seguro? Porque me parecen bastante transparentes.

Él le desabrochó el primer botón de la blusa.

—Estoy seguro. Llevo muchos años trabajando con este modelo.

—¿A qué llamas «trabajar»? —bromeó ella—. ¿Acaso lo de liarse con mujeres en un coche fúnebre es la *spécialité de la maison*?

—¿Quién te ha dicho que tengan que ser mujeres? No sabía que fueras tan estrecha de miras. Una vez incluso traje a una avestruz de gran belleza.

Silvia rio con ganas.

Entre beso y beso, notando que cada célula de su cuerpo se preparaba para el placer, Silvia no pudo evitar comparar el estilo de Odysseus con el de Alain. Este último jamás reía en la cama ni permitía que ella lo hiciera. Para él, el acto sexual debía ser algo místico, tántrico; una experiencia espiritual y sagrada, que seguía su ritual preestablecido según el equilibrio de los chacras, en la que no había sitio para la improvisación o la fantasía.

Cada movimiento de Odysseus, por el contrario, era imposible de anticipar. Una caricia podía convertirse en un juego, desembocar en cosquillas o llevarla a explorar un límite nunca antes tanteado.

Él le desabrochó el tercer botón de la blusa, descubriendo sus pechos.

—Espero que estés seguro de esto —jadeó ella.

—¿Y qué pasaría si no lo estuviera? Lo peor que podría suceder es que le diéramos una alegría a alguno de los que pasen por el parking. Quizá le venga bien.

Y antes de darle tiempo a que dudara, el griego le levantó la falda, presionó la palma de su mano contra el pubis de Silvia y mordisqueó suavemente el lóbulo de su oreja.

—Ahora te voy a dar tanto placer —le susurró al oído— que tu problema no va a ser que te vean, sino que te oigan. Vas a gritar tan fuerte que vas a despertar a todo el hospital.

—Eso ya lo veremos… ¿Quieres apostar?

—Sería un placer… añadido.

El cálido cuerpo de Odysseus estaba inclinado sobre ella, dándole una sensación de protección, y sus caricias eran lentas y dulces mientras iba despertando todos y cada uno de sus centros de placer, sin ninguna prisa.

—Me gustan las chicas que corren riesgos. Vamos a ver… Si lo consigo… si logro que pierdas el control… me dejarás escoger el nombre de nuestro primer hijo.

Silvia se echó a reír, sintiéndose feliz. Como no le habían tocado muchos, tenía la idea preconcebida de que los hombres que utilizaban el humor en la cama lo hacían a modo de sustitución y táctica de despiste, a lo Woody Allen, para distraer la atención de sus carencias físicas o amatorias. Pero Odysseus era tan guapo que no tenía nada que suplir.

—Silvia, esta es una apuesta real. Luego no podrás retractarte. Tendrás que conocer a todos mis amigos, que son un poco raros. Y te advierto que mi tío preferido se llama Filostratus.

Con un hábil gesto, Odysseus inclinó el asiento. Y después empezó a quitarle las medias con una delicadeza exquisita.

—¿Tienes frío? —le preguntó, cubriéndola con su cuerpo semidesnudo. De alguna manera se las había apañado para ir despojándose de su ropa mientras la desnudaba.

—Todo lo contrario —susurró ella.

Y se besaron. Los labios de él no buscaban deslumbrarla con su técnica y su fuego, sino transmitirle algo, comunicarse con ella. No eran besos tensos, sino humanos, hechos de carne y de vulnerabilidad: «Sé que vienes de una relación complicada y que la tienes muy reciente, pero voy a luchar para que me veas, para que seas capaz de conocerme a pesar del ruido de tu cabeza. Y del ruido del mundo».

45

Les paradis perdus
CHRISTOPHE

Aquella noche, Silvia se despertó de madrugada y caminó hacia la estantería donde tenía su colección de cuentos de hadas. No sabía qué era lo que estaba buscando, pero su mano se dirigió hacia un punto concreto y sacó un libro grueso encuadernado en tela roja. Tenía en la cubierta el grabado de una rosa cargada de espinas.

Descubre tu nombre de cuento de hadas era el título. Silvia frunció el ceño: le pareció que era la primera vez que veía aquel volumen. ¿Cómo podía haber comprado un libro tan bonito y haberlo olvidado? ¿Acaso no había tenido tiempo de hojearlo nunca? No era propio de ella.

Entonces se fijó bien en la portada tratando de distinguir el nombre del autor. Este estaba escrito en letras muy muy pequeñas, tanto que Silvia tuvo que acercarse mucho al libro. Tardó un rato en descifrar aquella escritura parecida a patas de hormiga, y cuando lo hizo se quedó muy sorprendida porque el nombre que estaba escrito allí no era otro que «Fingal O'Flahertie». ¡El autor del libro era su consejero literario!

Se dijo que la próxima vez que lo viera tenía que decirle que durante todo ese tiempo había tenido un libro suyo en la estantería sin darse cuenta. Y además, un volumen que trataba el mismo tema del que habían hablado en su primera sesión: la importancia de los nombres en los cuentos de hadas.

Abrió el libro al azar y dio con una página dedicada a Blancanieves, a la reina Ginebra, a Blancaflor y a todos los nombres relacionados con la palidez y la blancura. Estaba ilustrado y los dibujos mostraban a todas aquellas mujeres de piel blanquísima con vestidos maravillosos, sedas que flotaban y bordados que contaban sus propias historias. Según el libro, la palidez representaba una pureza ideal, la inocencia de la infancia, pero también la posibilidad de empezar de nuevo, de renacer después de haber tenido un pasado doloroso.

Otra página estaba dedicada a Piel de Asno, Piel de Oso, Cenicienta y todos los nombres degradantes. Los dibujos también eran una maravilla. El texto decía que los momentos que a veces resultan humillantes para la autoestima son una oportunidad para cambiar de punto de vista, observar las cosas más sencillas que a menudo pasan desapercibidas y tratar de descubrir cuál es la verdadera personalidad después de quitarse las pieles o las cenizas.

La siguiente página hablaba de Pulgarcilla, Garbancito y las cosas pequeñas. Más adelante se mencionaba a las princesas durmientes y encerradas. Había una sección dedicada a las brujas oscuras, otra a las brujas blancas, a sus nombres característicos, que eran en parte hechizos.

Una página hablaba de Rumpelstiltskin y los nombres secretos y enigmáticos...

Al final del libro había una serie de preguntas que servían para descubrir cuál era el nombre de cuento de hadas de quien estuviera leyendo aquello. La página estaba ilustrada con un hermoso jardín de rosas blancas. Silvia se mordió los labios: no sabía si quería conocer ese nombre, porque monsieur O'Flahertie le había dicho que cuando lo descubriera ya no tendrían que hacer más sesiones. Sin embargo, el libro la atraía irresistiblemente.

Al leer las preguntas del test e irlas contestando para sus adentros, no les encontró demasiado sentido. La primera de ellas le daba a elegir entre el disfrute y el conocimiento. Era una pregunta tramposa, ya que los dos términos que planteaba no eran contradictorios. Mientras pensaba, se puso a observar el dibujo hasta que este pareció cobrar vida, y en su mente se fue formando la imagen de una rosaleda como la que ilustraba aquellas páginas. Se imaginó a sí misma caminando por un paseo, debajo de unos arcos cargados de pequeñas rosas blancas. Se sentía completamente en paz consigo misma.

Entonces la ranita que estaba dibujada en el margen dio un salto hasta posarse en una columna de mármol, muy cerca de ella, y le preguntó:

—¿Qué es más importante para ti: disfrutar o saber?

Silvia sonrió. Solo con oír la pregunta de su boca, tal y como la estaba entonando, comprendió a qué se refería.

—Disfrutar —dijo rápidamente.

—Qué bien, *ma chère* —dijo la rana, y solo entonces

Silvia se dio cuenta de que el batracio tenía la voz de su terapeuta literario—. No existe una respuesta correcta, pero esa es la respuesta adecuada para ti en este momento. Disfrutar es vivir el presente.

A Silvia le produjo una gran felicidad volver a oír la voz del consejero.

—¿Quién debería ser tu mejor amiga? —planteó la rana.

La primera vez que leyó la frase, Silvia entendió que le estaban preguntando qué papel le gustaría que tuviera Isabel respecto a ella, pero al oírla supo que no se trataba de eso.

—Yo —respondió enseguida—. Yo debería ser mi mejor amiga, y quererme y comprenderme tanto como quiero y comprendo a Isabel, y como ella me quiere y me comprende a mí.

La cara de la ranita se expandió en una sonrisa.

Continuaron con el diálogo, y Silvia advirtió que ya había tomado importantes decisiones con respecto a sí misma sin apenas darse cuenta.

Pero justo cuando la rana iba a plantearle la última cuestión, la que debería ayudarla a conseguir su verdadero nombre de cuento de hadas, esta escapó de un salto. Silvia se recogió el precioso vestido blanco y corrió tras ella.

—¿Adónde vas, ranita? ¡Aún te queda una pregunta por hacerme!

El batracio se posó en el quicio de un pozo, echó una última mirada en dirección a ella, le guiñó un ojo y se arrojó al profundo interior.

—¡No! —pidió asustada—. ¡No te vayas, por favor!

Pero el plof de la rana cayendo en el agua fue la única respuesta. Silvia se asomó, tratando de ver al animal, pero ya no había ni rastro de él. Sin embargo, para su sorpresa, a pesar de lo profunda que estaba la superficie del agua, fue capaz de ver su propio reflejo.

Estaba muy guapa a la luz de la luna, serena, con una corona de flores blancas en la cabeza. Y sonreía. En cuanto vio su imagen, supo cuál era su nombre.

—Yosana —susurró. Y supo que aquel nombre significaba «la que se quiere a sí misma».

Desde un lugar que eran todos los lugares a la vez, la voz de la rana dijo:

—Nunca olvides el pasado, pero no permitas que te duela. Conviértelo en sabiduría, no en sufrimiento. Nunca temas el futuro: «Es el espejo de tus estados de ánimo».

Y entonces Silvia se despertó.

No había llegado a salir de la cama. Todo había sido un sueño. Ni siquiera estaba en su casa sino en el barco de Odysseus. Había soñado con un libro que no existía, que nunca había existido.

Se levantó, alterada, y fue al pequeño cuarto de baño. Con las luces encendidas, se lavó la cara y se aseguró de estar completamente despierta, completamente presente. Se miró en el espejo y no vio a Tristeysola. Es más: sintió que quizá nunca más volviera a verla.

Aquella experiencia había sido bien curiosa. Nunca había tenido un sueño tan intenso, con tanto detalle. Había visto las preciosas ilustraciones, había leído fragmentos enteros de texto… su subconsciente no había escatimado en detalles.

Con una sonrisa en los labios, Yosana observó dormir a Odysseus, y se tendió junto a él hasta volver a caer rendida.

46

Les moulins de mon cœur

Michel Legrand

Se despertó, o volvió a despertarse, con un beso tan tierno que le pareció que el mundo entero daba vueltas.

Luego se dio cuenta de que no, de que el mundo se movía de verdad. El suelo se tambaleaba, la habitación entera oscilaba. Estaba en un barco. Y el olor del hombre que estaba a su lado no era el de Alain.

Los recuerdos se fueron abriendo paso a través del duermevela. Después de haberse restregado como animales en un coche fúnebre y de perder la apuesta, habían ido a la casa de él, que resultó no ser una casa sino una barcaza amarrada en el Sena, a cierta distancia del centro.

El hogar de Odysseus resultaba bastante acogedor para ser flotante. Los espacios eran amplios y estaban bien aprovechados. El interior era sobrio, un habitáculo versátil en tonos claros. Y en la nevera tenía una sospechosa provisión de benjamines, lo que motivó la evidente pregunta de Silvia acerca de lo seguro que estaba de que iba a tener éxito llevando esa noche a una chica.

—¿A qué hora tienes que estar en el trabajo? —preguntó Odysseus a mitad del beso.

—A las ocho y media —susurró ella.

—Estupendo... aún puedo besarte durante cinco minutos enteros.

Y así sucedió.

—Te llevo al trabajo. ¿Qué te parece si a cambio me prometes que nos veremos mañana?

Ella sonrió.

—Me parece un intercambio de lo más ventajoso... —dijo ella, besándolo a su vez. Sin embargo, las palabras de Odysseus habían desencadenado un recuerdo en ella.

—Espera un momento —le pidió, interrumpiendo el beso—. ¿Qué día es hoy?

—Martes.

—Yo tenía que hacer algo el martes... lo prometí. —Se frotó la cabeza tratando de hacer memoria—. Pero el caso es que no recuerdo qué era, ni a quién se lo prometí.

La imagen de Alain se formó con nitidez en la mente de Silvia, causándole un desagradable impacto. También le había prometido cosas a él. Y aún se sentía culpable por no haberlas cumplido. Pero no era eso.

—Entonces no sería tan importante —bromeó Odysseus.

—Sí... sí que lo era —susurró ella.

Las imágenes del sueño, olvidadas hasta aquel instante, recobraron toda la intensidad y la luz que habían tenido durante la noche. Y Silvia recordó la habitación llena de libros de monsieur O'Flahertie y su curación por los libros. Una sonrisa se formó en su cara.

—¡Mi consejero! Le prometí que volvería el martes. Me lo repitió varias veces, y aun así he estado a punto de olvidarme. ¡Con todo lo que me ha ayudado!

Y le vino el recuerdo de su llamada de auxilio, de la habitación vacía, de la misteriosa ausencia del terapeuta y de la aún más inquietante amnesia del recepcionista de L'Hôtel.

¿Cómo era posible que se hubiera olvidado de aquello? Era como si alguien o algo estuviera jugando con su memoria. Los benjamines de champán rosado de la noche anterior habían hecho de las suyas. No eran de fiar. Seguramente habían sido los causantes de aquel sueño demasiado intenso y de aquella mañana algo resacosa... Pero estaban deliciosos.

Cuando llegó a la oficina el ambiente era triste pero sereno. El lugar estaba lleno de regalos, coronas de flores, homenajes de mucha gente al esfuerzo de monsieur Lestaing. Clothilde estaba muy pálida, pero no cedió a las lágrimas en ningún momento.

La jornada laboral estuvo llena de cambios y nuevos retos. Los empleados se organizaron de manera asamblearia para definir los objetivos y las tareas, y todo aquel proceso resultaba fascinante pero absorbente.

A lo largo de la mañana Silvia hizo un par de llamadas a monsieur O'Flahertie sin conseguir localizarle. Sin embargo, se dijo que pese a todo debía acudir aquella tarde.

Hacía un tiempo estupendo para ir dando un paseo, de modo que al salir del trabajo caminó durante más de una hora dejándose deslumbrar por la belleza de París tal y como había visto hacerlo a su mentor. Una vez dijo que el cielo de la ciudad siempre era de color gris, pero que si se sabía mirar bien, dentro del gris existían cientos de matices, de «tonos emocionales y delicados como un concierto de Debussy». Mirando caer la tarde, a Silvia no se le ocurría una frase más acertada.

Traspasó las puertas de L'Hôtel pensando que seguramente sería la última vez que lo hiciera. Echó un vistazo al chico de la recepción y vio que era el mismo, pero este no reparó en ella. Y subió las magníficas escaleras.

Con cada pisada, con cada peldaño, se sentía más triste y más estúpida. No habría nadie esperándola en la habitación de monsieur O'Flahertie. Ni siquiera respondía al teléfono. Los libros habían desaparecido, y él también.

Subiría para constatar aquella certeza y después, con la conciencia tranquila por haber cumplido su promesa, bajaría de nuevo, un poco más vacía.

Cuando llegó frente a la puerta se la encontró entreabierta. Al asomar la cabeza, vio que las paredes estaban por completo cubiertas de libros. El corazón se le aceleró de repente. No era posible… Aquello, simplemente, no podía ser. Salvo que la vez anterior se hubiera equivocado de habitación. Sí, aquella era la explicación más lógica. Estaba tan preocupada por la llamada de auxilio, tan afectada por el regreso de Alain, que se había despistado. Su mente racional trató de buscar una lógica a todos los acontecimientos… Pero sus pulsaciones no se calmaron. Seguía sintiendo que allí sucedía algo que desafiaba a su comprensión.

—¿Monsieur O'Flahertie?

—¡Silvia, *ma chère*! ¡Pase, pase usted, no se quede en la puerta!

47

L'homme au cœur blessé

<small>Georges Moustaki</small>

—¡Hola! ¡Me alegro de verle! —exclamó ella.

—Yo también, Silvia. Yo también —aseguró él, sonriendo.

—Recibí su llamada este fin de semana. Me preocupé un poco. ¿Está todo bien?

—Lo cierto es que sí —confirmó él, enigmático—. Ahora, por fin, todo está bien. Y por eso esta será la última vez que nos veamos.

Ella enarcó las cejas.

—¿Cómo dice?

—Hablemos del último libro que le di para leer. No sé si habrá tenido tiempo de terminarlo.

—Lo cierto es que no. Ha sido una semana algo… agitada.

—Es una manera de decirlo. —Sonrió—. Yo la definiría más bien como… transformadora. Estoy orgulloso de usted, Silvia.

—¿A qué se refiere? —preguntó, cada vez más inquieta.

—Ha superado su rechazo a los hombres sinceros.

Ha corrido el riesgo de irse de viaje con uno de ellos. Ha conseguido dejar a Alain. Y también ha ayudado a Isolde y a Clothilde. Todo en una semana.

Silvia retrocedió hacia la puerta. Aquel hombre estaba mal de la azotea. Eso encajaba más con los sucesos del fin de semana… Todo aquello debía de ser un montaje, como había sugerido el empleado del hotel.

—¿Me ha estado espiando? —susurró—. ¿Qué significa todo esto? ¿Una broma pesada de Alain?

El terapeuta negó rotundamente con la cabeza.

—Usted necesitaba ayuda, y yo vine a dársela.

—¿Cómo sabe usted todas esas cosas acerca de mí? ¿Quién es usted? ¡Dígame la verdad?

—De acuerdo, le diré la verdad. Soy… el hombre que atravesaba las paredes.

Y, tras decir estas palabras, monsieur O'Flahertie caminó directamente hacia una de las estanterías de libros y la traspasó como si fuera de vapor.

Silvia se tapó la boca con las dos manos.

Un instante después, volvió a aparecer filtrándose de nuevo por los muros cubiertos de libros.

—Solo soy un fantasma con una misión que cumplir, *ma chère*. Mi deber es ayudar a los que sufren el mismo problema que tuve yo: enamorarse de la persona inadecuada. Yo lo perdí todo a causa de aquel amor. Pero a usted no le sucederá lo mismo.

Ella tardó unos segundos en responder. Su mente funcionaba a toda velocidad, tratando de buscarle una explicación racional a todo aquello. Al no encontrarla, en su boca se formaron las siguientes palabras:

—Lo siento mucho, monsieur O'Flahertie, pero me cuesta un poco creer en esto.

El irlandés se echó a reír.

—Por supuesto, *ma chère*. Usted es libre de creer en lo que quiera. Sin embargo, me atrevería a pedirle una cosa. Aunque no crea en mí, ¿podría hacerme el inmenso favor de creer en lo que le digo?

Ella asintió despacio.

—No se está volviendo loca, Silvia. No tiene ningún motivo para preocuparse. En solo un par de días habrá olvidado por completo que me conoció, que estuvo hablando conmigo, que le revelé quién era. Tan solo tendrá el recuerdo de los libros que ha leído bajo mi consejo.

Hubo otro silencio.

—Su cara me suena de algo. Siempre he tenido esa sensación de familiaridad, como si le conociera de toda la vida. ¿Es usted el fantasma de uno de mis familiares o antepasados?

—Algo así —respondió a la vez que se dirigía hacia la estantería para coger un libro pequeño.

Cuando lo tuvo en la mano sopló levemente sobre él y se desintegró entero, dispersándose en un pulvísculo dorado y volátil que flotó hacia las manos de Silvia. Cuando hubo llegado a ellas, el librito se recompuso, recobrando su cuerpo y textura.

—*El fantasma de Canterville* —dijo ella con un nuevo brillo en los ojos—. He leído este libro tantas veces que creo que hay trozos que podría recitar de memoria.

—Lo sé. —Volvió a sonreír—. Ese es nuestro parentesco. Crecimos juntos, Silvia. La tomé de la mano desde que era una niña. En cierto modo, debería considerarme responsable de algunas de las fascinaciones románticas erróneas que se fraguaron en su mente en esa época. Por eso vine a ayudarla.

Silvia entornó los ojos.

—No comprendo...

—Sí que lo comprende. Claro que lo comprende, *ma chère*. Quizá no con la mente, pero sí con el corazón. Cuando un lector siente una afinidad tan fuerte con un autor se crea un lazo entre ellos, un vínculo de afecto y de responsabilidad. Cada vez que la niña que usted fue releía una de mis historias, ese lazo se volvía más intenso y real. Y me llevó hacia usted, del mismo modo que a usted la trajo hacia mí.

Silvia lo miró a los ojos, reconociéndolo al fin.

—Monsieur O'Flahertie... ¿es usted Oscar Wilde? —La voz le tembló un poco al pronunciar su nombre.

—Mi nombre completo es Oscar Fingal O'Flahertie Wills Wilde.

Ella sintió que su cuerpo entero se templaba debido a la admiración y el amor que brotaban de él. La incertidumbre y el miedo se convirtieron en una paz luminosa, y en sus ojos empezaron a formarse lágrimas de gratitud.

—Monsieur Wilde... yo tengo tantísimas cosas que decirle...

—Ya me las ha dicho todas, *ma chère*. Cada vez que regresaba a mis cuentos, cada vez que repetía uno de mis aforismos; cada vez que reía con los chistes de mis obras de teatro estaba usted riendo conmigo. Esa sensación de que me conocía, de que yo era uno de sus amigos, no era solo una sensación. Todas las almas están conectadas, incluso más allá de la muerte. El amor entre quienes se entregan escribiendo y quienes se entregan leyendo es tan real como la mismísima vida.

Monsieur O'Flahertie se acercó a ella y la estrechó entre sus brazos. Silvia por fin comprendió cuál era el dolor antiguo que ella había visto en los ojos de él: la huella eterna del más doloroso y complejo de los amores, el que lo había arrastrado hasta lo más hondo de los infiernos del espíritu y hasta lo más oscuro de las cárceles de los hombres.

Como si le estuviera leyendo el pensamiento, él dijo:

—Todo lo que hacemos, de un modo u otro, lo hemos escogido. Yo tuve la oportunidad de escapar, de librarme de la cárcel, y no lo hice. Quizá me sentía culpable y pensaba que merecía un castigo, quizá aquel período de reclusión y reflexión extrema fuera lo que necesitaba mi alma para ordenar sus asuntos. Escogí mi final, y también elegí morir en París, donde tan feliz había sido. Por eso quiero que usted escoja vivir, vivir de verdad, libre de prisiones. Que se dé cuenta de que hay costumbres que son peores que los barrotes.

—Lo que escribió en la cárcel... he llorado tantas veces con ese libro...

—Lloró usted mis mismas lágrimas, *ma chère*, como si hubiera estado conmigo en aquella celda helada. Por eso necesitamos los libros. ¿Piensa que tendría sentido venerar de esa manera simples historias hechas para entretener? Si esos relatos no tuvieran el poder de guardar y transmitir una parte del alma de quien les dio forma, no nos acordaríamos de ellas. Y esas almas, como todas, tienen sus claroscuros, sus contradicciones, sus propios dolores. Pueden transmitirnos su lado más luminoso o contagiarnos sus temores.

Silvia asintió.

—Con los libros, a veces tengo la sensación de que estoy buscando algo a lo que no puedo llegar. Me gustaría que me ofrecieran una respuesta definitiva, una verdad a la que agarrarme, pero muchas veces tan solo me plantean más preguntas.

—Algo así, *ma chère*, es lo que yo llamo «la isla de la última página». Cuántas veces dudamos antes de saber si podemos dejarnos caer plenamente en un libro, si podemos confiar en sus páginas hasta el punto de poner nuestras entrañas en la lectura. En pocas ocasiones sucede que, al terminar de leer un libro, sentimos que nos ha llevado a un punto al que necesitábamos llegar. Y eso solo sucede cuando las páginas han sido poco más que una excusa para que encontremos ese lugar luminoso dentro de nosotros mismos.

—¿De modo que «la isla de la última página» no está en las historias... sino en cómo cada uno de nosotros lee la historia para leerse a sí mismo?

—Así es. Y como hoy nos toca hablar de eso, de finales y conclusiones, me va a permitir que le haga un pequeño regalo. Se trata de algo relacionado con la memoria, y con el dolor que es capaz de concentrarse y acumularse en ella. Cuando los recuerdos dañinos se comprimen, adoptan la forma de pequeños nódulos que no podemos evitar percibir constantemente. Como una piedrecilla en el zapato que no pudiera sacudirse y que se notara en cada paso, en cada paso...

—Es verdad —suspiró Silvia—. Es mucho más difícil olvidar el dolor que el bienestar.

Con delicadeza, monsieur Wilde acercó sus dedos a la frente de Silvia y los deslizó dentro de la caja del cráneo. Introdujo sus manos incorpóreas en su mente. Ella tuvo la sensación de que sus ideas se bañaban en luz.

—Aquí está... Tan pequeñita y tan terriblemente dura, ¿verdad?

Ella notó un estremecimiento. Los dedos fantasmales de su amigo tantearon su cabeza y llegaron hasta la piedra de dolor que ella había sufrido en varias ocasiones, hasta ese recuerdo duro y rasposo en el que se condensaban todos los errores que había cometido con Alain, todas las renuncias, todas las veces en las que se sacrificó por alguien que no lo merecía y se perdió el respeto a sí misma.

Las yemas de los dedos de monsieur Wilde se apoderaron de aquel dolor oscuro y lo sacaron de la cabeza de Silvia, produciéndole al instante una sensación de liberación y paz. El escritor le mostró una diminuta piedra negra con los bordes terriblemente afilados.

—Aún le estaba haciendo daño. Pero ya se ha ido, niña mía. Ya puede usted ser feliz.

Y Silvia comprendió que aquello que el fantasma acababa de sacar de su mente era ese último deseo culpable y contradictorio de volver con Alain, ese dolor de amarlo y de saberse suya, esa responsabilidad creada a lo largo de años de humillarse a sí misma para intentar que le perteneciera.

Y se sintió libre.

Ella se echó a llorar de gratitud y alegría.

—¿Ayudará usted a Isolde si alguna vez lo necesita?

—Por supuesto que sí. La pequeña Isolde, tan joven y ya tan herida de amor… Dejó un beso precioso sobre mi tumba. Le prometo que siempre cuidaré de ella, del mismo modo que cuidaré de usted, aunque no pueda recordarme.

Silvia redobló su llanto.

—Pero yo no quiero olvidar esto… me gustaría que formara parte de mí para siempre.

—La memoria, Silvia, está muy sobrevalorada. Lo importante no es lo que retenemos con la mente, sino lo que se nos queda grabado en el alma. Confíe usted mí.

Como si todas sus válvulas se hubieran limpiado, Silvia se echó a llorar con un llanto de renovación y de profunda alegría. Las lágrimas volvieron borrosa la imagen de monsieur O'Flahertie, que se despidió con un gesto de la mano y un brillo de ternura en sus profundos ojos.

Después fueron las estanterías de libros las que perdieron nitidez, como si estuvieran hechas de humo o de gas, y a continuación se deshicieron en volutas de color y brillo. Mientras la habitación se transformaba solo en eso, en la moderna habitación de hotel que Silvia ya conocía, la cálida voz de monsieur O'Flahertie aún tuvo tiempo de decirle:

—Le voy a conceder un don, *ma chère*. En todos los libros que lea usted a partir de ahora, sean los que sean, leerá verdades que den sentido y luz a su vida, en lugar de buscar en ellos motivos para reforzar sus pensamientos oscuros y dañinos.

Ella asintió, comprendiendo que aquel don en realidad era una petición. Solo ella podría conseguir encontrar, en cada historia, su propia isla de la última página.

—Gracias —susurró.

Y nunca en su vida tan pocas letras estuvieron tan cargadas de significado.

48

Sur les quais du vieux Paris
LUCIENNE DELYLE

—¿Vienen esos rollitos o qué? —preguntó Paulette Lamie con su memorable voz de esposa gruñona.

Isolde se tapó la boca con la mano para no echarse a reír.

—¡Lo dice igual que en la tele! —comentó, encantada.

—¡Mi marido lo hace todo mal, todo mal! —siguió interpretando la célebre actriz, para deleite de sus invitados—. ¡Cuando le digo que cepille la alfombra y que pasee al perro, le pasa el peine al perro y pone a las pulgas a dar vueltas por la alfombra. ¡Esos rollitos!

Por supuesto, allí no había ningún marido. El que apareció al abrirse la puerta de la cocina no fue otro que el apurado asistente Borís.

—¡Aquí están! No se ha hundido el mundo aún, ¿verdad?

A Isolde le lloraban los ojos de tanto reír. Paulette había estado contando chistes e improvisando *sketches* cómicos prácticamente desde que Silvia, Odysseus, Isabel y su hija habían entrado por la puerta.

Silvia sabía por Odysseus que la lucha de la mujer contra su enfermedad se mantenía en una situación estable. «Esa mujer es un hueso duro de roer», le había dicho el griego con una sonrisa de admiración.

Tras las presentaciones de Isabel e Isolde, Paulette se había puesto a mostrarles sus álbumes de recortes, diciendo que aquel era el «peaje» que había que pagar por ir a visitarla y disfrutar de la cocina de su «marido».

La cual, por cierto, era excelente. Borís tenía una mano insuperable con la vichyssoise, y el resto de la comida estuvo compuesta por todo tipo de entremeses variados con un toque creativo.

—¡Deliciosos! —exclamó Odysseus, felicitando al cocinero.

—Es verdad. Y además es usted genial, madame Lamie —le dijo la niña.

Silvia sonrió al verla tan contenta, y aún más cuando Isolde tomó dos rollitos de langostinos de la fuente central y se los sirvió en el plato. Su conflicto con la alimentación parecía estar mejorando.

—Que no se te ocurra ni por un momento creerte ninguno de los educados piropos que recibas, Borís —le advirtió la diva—. Necesito que sigas siendo tan solícito y disponible.

Los invitados se echaron a reír al tiempo que el aludido suspiraba haciendo un gesto dramático. Isabel le preguntó la receta a Borís, que se dispuso a contársela con todo lujo de detalles. Mientras tanto, la actriz dejó de lado sus interpretaciones para saborear los deliciosos rollitos.

—Dime, Isolde, ¿qué estás leyendo en este momento? —le preguntó a la niña.

Silvia sacudió la cabeza. Escuchar aquella pregunta le causó una especie de hormigueo en la cabeza. ¿Cuál podría ser el motivo? Se trataba de un tema de conversación de lo más normal.

Era como si hubiera estado hablando sobre libros hacía poco tiempo. Conversaciones importantes, tanto que se recordaba a sí misma haciendo un esfuerzo consciente para no olvidarlas. Pero esa voluntad no debía de haberle servido de gran cosa, porque a pesar de que se acordaba de algunos fragmentos de las conversaciones, no tenía ni idea de quién había sido su interlocutor. Quizá se tratara de una película que había visto medio dormida y había confundido ese recuerdo con algo que le hubiera sucedido a ella. Eso pasaba a veces.

Odysseus le rozó la mano por debajo de la mesa y después le dio un beso en la mejilla. Aquello la puso de buen humor. Con Alain todo tenía que ser secreto, clandestino. Los besos por la calle, en cualquier lugar donde pudieran ser vistos, eran impensables. La paranoia de que pudieran estar siendo espiados por la celosa Giulia, o la de que podía haber conocidos detrás de cualquier esquina, no abandonaba la mente del periodista de investigación ni un solo segundo. Sin embargo Odysseus no solo no ocultaba su afecto, sino que además parecía estar orgulloso de tener a su lado a Silvia. A veces resultaba incluso *demasiado* cariñoso, una sensación que ella, tras años de privación de afecto en público, jamás habría creído que llegara a sentir.

Silvia le respondió con otro beso en la mejilla.

Entonces Paulette se puso a dar golpes con el tenedor en la copa.

—¡Todo el mundo a brindar por los tortolitos! Con todas las parejas espantosas que hay por ahí, ¡es digno de celebrar que las personas adecuadas por fin se encuentren!

Todos los presentes, incluido Odysseus, levantaron sus vasos en dirección a Silvia, que sintió un terrible calor en las mejillas. Llevaban juntos tan solo unos meses, y sin embargo se sentían tan cómodos que todos los que los habían conocido en ese tiempo pensaban que eran pareja desde hacía años.

Ya notaba con él la agradable calidez de la seguridad. Él no había jugado con sus intenciones en ningún momento. Se veían prácticamente a diario, y ella estaba disfrutando de poder construir poco a poco la confianza, la complicidad, la ternura. Ese proceso, con Alain, había sido accidentado y dificultoso, lleno de altibajos, de culpabilidades y de manipulaciones.

No había vuelto a ver a Alain. Él le había enviado algunos mensajes al principio, pero Silvia no respondió a ninguno. Un día su teléfono sonó cuatro veces, y las cuatro se resistió a coger la llamada, a pesar de que le habría gustado decirle unas cuantas cosas. En su lugar, lo que hizo fue marcar el número de André y pedirle que ayudara a su amigo y le aconsejara que dejara de llamarla.

El sonido de las copas entrechocando era alegre, burbujeante como la bebida que contenían.

—¡Por fin has encontrado a un buen chico! —exclamó Isabel, algo achispada.

Isolde asintió con la cabeza, con los ojos brillantes. Y Silvia se dio cuenta de que para la niña, que se había pasado la infancia escuchando los comentarios de su madre acerca de lo mal que su mejor amiga escogía a los hombres, aquello no era solo una buena noticia relacionada con un ser querido sino también un ejemplo vital. Un modelo a imitar. Notó un nudo en la garganta al sentir que sus acciones, por una vez, habían ayudado a la niña.

49

Le temps de vivre
GEORGES MOUSTAKI

—Hacía mucho tiempo que no paseaba por el boulevard Saint-Germain —le dijo Silvia a Odysseus bajo el enorme paraguas, notando que su sonrisa era tan amplia que hasta podría resultar empalagosa para quienes la mirasen.

—Eso es estupendo. Cuando hace realmente *mucho* tiempo de algo, volver a hacerlo es como si se viviera ese momento por primera vez —respondió él.

—¿Crees que nos quedan muchas cosas por hacer por vez primera? —preguntó con voz sensual—. Porque ya hemos hecho unas cuantas y estoy empezando a quedarme sin ideas.

—Millones. Tantas como estrellas hay en el cielo.

—Bueno, desde París no se ven demasiadas... —bromeó ella.

—Vamos a hacer una cosa. Mañana es día uno, ¿verdad? Estoy dispuesto a prometerte que para cada día que nos veamos en este mes que comienza pensaré alguna cosa que no hayamos hecho nunca juntos. A cambio, por supuesto, de que el mes siguiente tú hagas lo mismo por mí.

—Mmm… No sé. Creo que sales ganando. Mayo tiene un día más que abril, y además tú ya habrás agotado muchas posibilidades, así que tendré que estrujarme los sesos… un setenta por ciento más, como mínimo.

Él se inclinó para besarla, impulsivamente. Unos segundos después, dijo:

—Me encanta cuando hablas de porcentajes. Es muy excitante.

Silvia sabía que lo decía en serio, no era la primera vez que se lo comentaba. Para el griego había algo cautivador en la mentalidad analítica y empírica de su bióloga.

—¿Me estás ablandando con besos para que acepte tu juego? —dijo con el ceño fruncido.

—Por supuesto. Ya sabes que lo mío son las malas artes.

Esas malas artes funcionaron, porque Silvia acabó por aceptar aquel pequeño compromiso que tanto trabajo iba a darle. Pero se consoló pensando que tenía por delante un mes en el que toda la responsabilidad de buscar actividades nuevas y emocionantes dependería de él.

—De acuerdo —dijo—. Pero para equilibrar ese día de diferencia me parece justo que tu primera oportunidad para proponer algo diferente sea… hoy.

Él lo pensó durante unos instantes y después sonrió.

—Acepto. Lo que hoy haremos juntos por primera vez será… visitar un cementerio. El de Montmartre está aquí al lado. Y, modestamente, creo que no sería el peor guía que podrías encontrar. Conozco unas cuantas curiosidades de lo más secretas.

—¿Cosas de funerarios?

—Pues sí —asintió con una sonrisa.

Una de sus amigas de la carrera, Vanesa, le había dicho que cuando se conoce a la persona adecuada todo debe resultar «fácil». Silvia se había resistido a esta idea, pensando que quizá eso no funcionaba con todo el mundo, y puesto que ella era algo complicada, lo natural era que sus relaciones también lo fueran. Se le antojaba que había algo muy poco romántico en eso de lo «fácil», algo demasiado convencional para su gusto. Y sin embargo con Odysseus las cosas resultaban terriblemente sencillas y le parecía maravilloso. Él hacía que se sintiera en casa. Con él podía comportarse con naturalidad, mostrarse tal y como era con sus amigas o cuando estaba sola. Quizá la mejor definición fuera que a su lado se sentía tan libre y tan cómoda como cuando tenía un buen libro en las manos.

Toda la tensión por ser perfecta y que todo pareciera una película, toda la ansiedad que había experimentado cada minuto que había pasado con Alain, quizá motivada por las pocas ocasiones que tenía de verle y su deseo de hacer que cada momento fuera inolvidable, habían pasado a la historia. Ahora se había limitado a darse permiso para la felicidad. Había conseguido reconciliar en su interior las ideas de «erotismo» y de «bienestar», que antes estaban diametralmente separadas entre sí.

Entonces pasaron junto a un muro en el que había una curiosa estatua de bronce. Representaba a un hombre que tenía solo la mitad del cuerpo fuera de la pared, como si la estuviera atravesando.

Silvia se detuvo, confundida.

—¿Estás bien? —preguntó él.

—Sí, sí… es solo que he visto esa estatua y me ha recordado algo, algo importante. Pero no tengo ni idea de qué es.

Odysseus sonrió.

—Ya me dijiste eso una vez. La primera noche que pasaste en mi casa, ¿te acuerdas?

Ella lo miró, aún más confusa.

—No. No me acuerdo de nada de eso. ¿Y de qué estaba hablando?

—No entraste en detalles, pero mencionaste la palabra «consejero». Eso creo.

Silvia no tenía ningún recuerdo de aquella conversación. Se dijo que quizá hubiera barajado la posibilidad de recurrir a algún tipo de tratamiento tras los últimos acontecimientos con Alain, pero en realidad nunca llegó a someterse a ninguno. Odysseus apareció tan rápido que no hizo falta.

No le preocupaba haber olvidado aquella conversación de hacía meses. Sin embargo, al ver aquella estatua, la figura del hombre atravesando la pared como si esta fuera de vapor, percibía con intensidad que había algo importante que debería rememorar. Pero no logró rescatar nada de la memoria, tan solo una sensación.

Era algo relacionado con la calidez en el corazón, con la amistad profunda, con una gratitud a la que resultaba imposible corresponder. ¿Cómo podía haberse olvidado de algo o alguien capaz de producir semejantes emociones?

Durante unos minutos, su mente estuvo haciendo esfuerzos por recordar, pero al cabo de un rato, frustrada y confusa, decidió que era mejor rendirse y disfrutar del paseo. Fuera lo que fuese, cuando tuviera que recordarlo, lo recordaría. Y si no lo lograba, sabía que solo tendría que volver ante la estatua del *Passe-Muraille* para volver a experimentar aquellas emociones que le abrazaban el alma.

—Mira —dijo Odysseus—, aquí hay un punto de *bookcrossing*. Algún día deberíamos dejar libros, y de paso te desharías de unos cuantos.

—No estés celoso de mis libros porque llevas las de perder —bromeó ella mientras se acercaban a examinar la pequeña vitrina de hierro y vidrio en la que los libros de intercambio quedaban protegidos de la lluvia.

De inmediato, y sin ningún motivo en particular, uno de ellos le llamó poderosamente la atención. Era como si sus manos se hubieran magnetizado y aquel libro fuera el único de hierro puro entre un montón de imitaciones de hojalata.

Se titulaba *Millroy, el mago*.

—Mira, el hombre de la portada se parece a ti —comentó Silvia—. ¿Nos lo llevamos?

Él le respondió con un beso, que era su manera habitual, la más breve y agradable, de decir que sí.

Agradecimientos

He tenido la suerte de contar con excelentes lectoras que me han ayudado a mejorar el libro. Agradezco, por una parte, a Elena Martínez Blanco, Virginia de la Fuente y Pepa Calvo, y por otra a Emilia Lope, Cristina Lomba, Rita Lopez, y al resto del equipo de editores y correctores de Plaza & Janés su atenta lectura del manuscrito. Gracias por ese cuidado y por ese cariño.